Why I Write

我为什么写作

〔英〕乔治·奥威尔 著
刘勇军 译

江苏凤凰文艺出版社
JIANGSU PHOENIX LITERATURE AND ART PUBLISHING

图书在版编目（CIP）数据

我为什么写作 /（英）乔治·奥威尔 (George Orwell) 著；刘勇军译. — 南京：江苏凤凰文艺出版社，2023.7
ISBN 978-7-5594-7670-8

Ⅰ.①我… Ⅱ.①乔… ②刘… Ⅲ.①随笔 – 作品集 – 英国 – 现代 Ⅳ.① I561.65

中国国家版本馆 CIP 数据核字 (2023) 第 058724 号

我为什么写作

（英）乔治·奥威尔 著 刘勇军 译

出　　品　橘子洲文化
监　　制　王　瑜
责任编辑　白　涵
策划编辑　王云婷
封面设计　小贾设计
版式设计　段文婷
营销编辑　杨　迎　刘　洋　史志云
出版发行　江苏凤凰文艺出版社
　　　　　南京市中央路 165 号，邮编：210009
网　　址　http://www.jswenyi.com
印　　刷　北京中科印刷有限公司
开　　本　710mm × 1000mm 1/32
印　　张　8.5
字　　数　138 千字
版　　次　2023 年 7 月第 1 版
印　　次　2023 年 7 月第 1 次印刷
书　　号　ISBN 978-7-5594-7670-8
定　　价　55.00 元

CONTENTS

目录

我为什么写作

从很小的时候开始，五六岁的年纪，我就知道自己长大后要成为一名作家。在大约十七岁到二十四岁之间，我曾试图放弃这个理想，但我意识到这样做有违自己的本性，或迟或早，我终将沉淀下来写作。

我家有三个孩子，我排行老二，但与老大和老三都相差五岁，此外，在八岁前，我没见过父亲几面。由于这一点，以及其他一些事情，我有点孤独，而且很快养成了招人嫌的举止。就这样，我在学生时代并不讨喜。孤僻的孩子喜欢编故事，与想象中的人物交谈，我也有这个习惯。我想，从一开始，我的文学抱负就是与受人孤立和不被重视的感觉交织在一起的。我很清楚自己拥有遣词造句的才能，也有能力面对令人不快的现实，我感觉这创造了一个属于我自己的世界，无论我在日常生活中有多失意，都可以在这里得到弥补。然而，在整个童年和少年时代，我认认真真所写的作品还不到六页。这里说的“认真”，是指集中全部精神在写作上。我在四五岁时写了第一首诗，母亲听我口述，将它记录了下来。关于这首诗，我什么都不记得了，只记得写的是老虎，而那只老虎有“椅子一样的牙齿”。如此遣词造句倒也有些意境，但我想这首诗抄袭了布莱克的《老虎，老虎》。在我十一岁那年，1914—1918年的战争爆发了，我写了一首爱国诗并在当地的报纸上发表。两年后，我写的另一首关于基钦纳[①]去世的诗也发表在了当地的报纸上。后来我稍微长大一点，便不时采用乔治王朝风格写一些“自然诗”，不仅写得很蹩脚，通常还会半途而废。我还试着写了一篇短篇小说，却以惨败告终。这就

① 即霍雷肖·赫伯特·基钦纳（Horatio Herbert Kitchener，1850—1916），英国陆军元帅、伯爵，以镇压苏丹起义、结束布尔战争和一战前组建300万大军而闻名。（本书注释未特殊说明均为译注）

是那些年里我真正写在纸上的自诩认真的全部作品。

然而，在这段时间里，从某种意义上而言，我确实从事了文学活动。首先是那些按要求完成的作品，这些东西写起来很快，也很容易，并不能给我带来多少乐趣。除了作业，我还写了一些半喜剧诗歌，如今在我看来，我写这些诗的速度快得极为惊人。十四岁时，我模仿阿里斯托芬[①]，只用了大约一个礼拜的时间就写出了一部押韵剧本，还帮助编辑校刊。这些校刊既有印刷的，也有手抄本，极尽滑稽之能事，并无半分可取之处。我为这些所耗费的精力，远远少于我现在为最廉价的报纸、杂志所付出的力气。但与此同时，在十五年或更长的时间里，我还在进行一种完全不同的文学练习，那便是以我本人为主，编造一个连续的“故事”，相当于只存在于脑海中的日记。我相信儿童和青少年都有这样的习惯。当我还是个小孩子的时候，我常常把自己想象成罗宾汉之类的人物，还把自己描绘成大英雄，经历一次次扣人心弦的冒险。但是，很快我的“故事”就摆脱了这种粗糙简单的模式，不再沉湎于自恋，转而越来越着重描写自己的所作所为和

---

① 阿里斯托芬（Aristophanes，约前446—前385）：古希腊早期喜剧代表作家。

所见所闻。有时候，一连好几分钟，我的脑海里会出现这样一些内容："他推开门，进了房间。一缕金色的阳光穿透了薄棉窗帘，斜照在桌上。桌面上摆着一个半开着的火柴盒，旁边是墨水瓶。他右手插在口袋里，走到窗前。在街上，一只玳瑁猫正在追逐一片枯叶。"等等，诸如此类。这个习惯一直持续到我二十五岁左右，贯穿了我未从事文学创作的那些年。虽然我不得不寻找，而且确实在寻找合适的字眼，但我做出这样的描述，可以说是在外力的迫使下进行的，甚至违背了自己的意愿。我想，这些"故事"一定反映了我在不同年龄所崇拜的各种作家的风格，但在我的记忆中，在描写上做到细致入微，则是始终不变的品质。

在十六岁上下的时候，我突然发现了单纯的文字所蕴含的趣味，也就是说，文字也有声音，能叫人产生联想。《失乐园》里有这样两句话：

于是他承受着苦难和艰辛
继续前进：他承受着苦难和艰辛。[1]

---

① 原文为So hee with difficulty and labour hard / Moved on: with difficulty and labour hee.

现如今，这两句话在我看来并无精彩之处，当时却能直击我的灵魂深处，而用“hee”代替“he”（他），也平添了很多乐趣。至于对景物的描述是重中之重，我早已有所领悟。因此，假如我在那个时候想写书，那我希望写什么样的书，则可谓一清二楚了。我想要创作堪称鸿篇巨制的自然主义小说，以悲剧收尾，字里行间皆是细致的描写和引人入胜的明喻，也不乏华丽的段落，而其中词句的选取在一定程度上是因为它们本身所富含的音律。事实上，我完成的第一部小说《缅甸岁月》就属于那种类型的书，这本书是我在三十岁写的，构思则早得多。

我之所以交代这些背景资料，是因为在我看来，要评估作家的创作动机，就必须对他们的早期发展有所了解。他们选择何种题材，由其所处的时代决定，至少在我们这种动荡的革命时代，事实便是如此。但在动笔之前，他们的情感态度早已形成，根本不可能彻底将其摆脱。毫无疑问，作家必须控制自己的性情，避免陷入不成熟的阶段，或沉溺于反常的情绪不能自拔，这是他们的职责所在。但如果他们完全摒弃了早期的影响，那便是扼杀了自己的写作热情。撇开谋生的需要不谈，我认为写作，至少是写散文，有四大动机。所有作家都是如此，只是程度有深有浅，而且这也会随着他们所处环境的不同而变化。这些动机为：

其一，纯粹的自我目的。希望显得很聪明，希望成为人们谈论的焦点，想在死后名垂青史，想要报复童年时冷落过自己的大人，等等。假称这不是动机，甚至不是强烈的动机，纯属是在欲盖弥彰。无论是作家，还是科学家、艺术家、政治家、律师、军人、成功的商人，简而言之，就是整个人类社会的上层人士，都有这个特点。大多数人都谈不上极端自私。过了三十岁，他们几乎完全放弃了作为个体的意识，基本都在为他人而活，也可能被单调沉闷的苦差事压得喘不过气。但也有少数人天赋异禀，固执任性，决心把自己的生活过到底，作家就属于这一类人。我应该说，总体上，比起记者，严肃认真的作家更虚荣，更以自我为中心，只是对钱没那么感兴趣。

其二，对美的热爱。感知外部世界的美，或者从另一方面来说，是感知词语及其正确排列的美。享受一种声音对另一种声音的冲击，欣赏结构紧凑的优秀文章或节奏明快的出色小说。渴望分享自己认为有价值且不应错过的经验。许多作家的审美动机都很薄弱，但即使是编写小册子或教科书的作者，也会出于非功利的原因而喜欢某些词句，或者对某种版式、页边距宽度等青睐有加。任何比

《铁路指南》更高层次的书籍，都会有审美方面的考虑。

其三，历史层次。渴望看到事物的本来面目，找出真正的事实，并把它们储存起来供子孙后代使用。

其四，政治目的。这里指的是尽可能广泛意义上的“政治”。渴望把世界推向某个方向。在应该努力追求哪种社会类型的问题上，改变其他人的思想。同样，没有一本书能真正回避政治倾向。认为艺术与政治无关的观点本身就是一种政治态度。

由此可以看出，这些不同的冲动互相矛盾，还因人而异、因时变化。就本性而言，我认为前三个动机比第四个更重要。这里所说的“本性”，指的是你刚成年时所达到的状态。在和平年代，我可能会堆砌华丽的辞藻，或者写一些注重描写的书籍，并且意识不到自己在政治上忠诚于何。事实上，我被迫成为一个小册子作者。起初，我干了一个不合适自己的职业（在缅甸做印度帝国警察），一干就是五年，那之后，我穷得叮当响，挫败感与我如影随形。这使我对权势发自本心的仇恨越发强烈，并且第一次充分意识到工人阶级的存在。此外，在缅甸的工作也使我对帝国主义的本质有了一定的了解，但这些经历还不足以给我树立起明确的政治取向。接着发生了很多事，比如希特勒出现，西班牙内战爆发。到1935年底，我仍然没有做出坚定的决定。我记得我在那个时期写了一首小诗，说明了自己的困境：

我本该是个快活的牧师，
生在两百年前，
宣扬永恒的末世，
守望着我的核桃树长大。
但是，唉，出生在如今这邪恶的时代，
我错失了那宜人的港湾，
因为我的上唇已然生出胡须，
而神职人员无不把脸刮得干干净净。
后来的岁月依然一片静好，
取悦我们是如此容易，
我们把烦恼置于树的怀抱，
从此不再烦烦扰扰。
纵使无知，我们亦坦然以对，
如今却将快乐掩藏，
仅凭苹果枝上的绿翅雀，
就可以让我的敌人颤抖。
但姑娘的腰肢和杏树，
树荫下小溪里游动的斜齿鳊，

还有那马群，和黎明时飞行的鸭子，
这一切都化为了迷梦一场，
堪堪明令，禁止入梦。
快乐或遭削弱，或被隐藏，
马儿由铬钢锻造而成，
矮胖的人骑将在马背之上。
我是永不回头的小虫，
是没有妻妾的宦官，
在牧师和政委之间，
我像尤金·艾拉姆一样行走。
当收音机吱吱作响，
政委则为我卜算前途，
但神父保证给我买一辆奥斯汀七型汽车，
因为账单一直由狄骥支付。
恍然一梦中，我居于大理石厅堂，
醒来发现梦境即现实，
我不该生在这个时代，
那史密斯呢？琼斯呢？你呢？

西班牙战争和1936—1937年发生的其他事件改变了这种局面，此后我对自己的立场了然于胸。自1936年以来，我所写的每一行严肃的作品，都是在或直接或间接地反对极权主义，支持我所理解的民主社会主义。在我看来，在我们这样的时代，认为写作可以避开此类主题，纯属无稽之谈。每个人都以这样或那样的形式描写着它们。而这，无外是站在哪一边、采取什么态度的问题。一个作家越清楚自己的政治倾向，就越有可能从政治角度进行写作，而又不会牺牲审美，破坏完整的思想。

在过去的十年里，我最想做的就是把政治写作变成艺术。我的出发点总是对党派之争的感觉，以及对不公的判断。当我坐下来写作时，我不会对自己说："我要创作一件艺术品。"我之所以写作，是因为我想揭露一些谎言，吸引人们去注意一些事实，而我的初衷则是希望有人能倾听。但如果不能有美的体验，我就写不了书，甚至连一篇很长的杂志文章都写不出来。任何喜欢阅读我的作品的人都会发现，即使是彻头彻尾的宣传，其中也包含了许多会被职业政客认为是无关紧要的内容。我不能也不想完全抛弃我童年时形成的世界观。只要一息尚存，我就会继续注重行文风格，热爱地球上的一景一物，热爱具体的物体和无用信息的碎片。压抑自己的那一面，没有任何用处。把我根深蒂固的好恶，与时代强加给我们所有人的社会活动协调一致，才是我的使命所在。

要做到这一点并不容易。它引申出了结构和

语言的问题，并以一种新的方式提出了真实性的疑问。这真的很难。我在创作时也曾付出过很大的努力，在不违背自己的文学本能的前提下尽可能地道出真相。一位我很尊敬的评论家为此把我训斥了一番。“你为什么要加入那些内容？”他责问道，“你把一本原本可能成为经典的书变成了新闻报道。”他说得不错，但我必须这么做。我碰巧知道一件在英国很少有人被允许知道的事：无辜之人受到了诬陷。若非愤慨不平，我是不会写那本书的。

这个问题以这样或那样的形式再次出现了。语言的问题比较微妙，讨论起来要花很长时间。我只能说，近几年来，我尽量减少生动形象的描写，更注重严谨的行文。我发现，当你让一种写作风格臻于完善之际，你往往已经超越了这种风格。《动物农场》是我在充分意识到自己所做之事的情况下，第一次将政治目的和艺术目的融合为一体的尝试。我已经七年没有写小说了，但我希望不久能再写一部。那本小说将注定成为一部失败的作品，毕竟每一本书都难逃失败的厄运，但我很清楚地知道自己想写什么样的书。

回头看最后一两页，我发现自己像是在表示我写作的目的完全出于公益。我不想把这作为最后的印象。作家无不虚荣、自私、懒惰，在他们的动机背后隐藏着一个谜。写书犹如一场斗争，可怕，令人筋疲力尽，就像得了一场大病，痛苦不堪，久久未能痊愈。一个人如果不是被某种他既不能抗拒也不能理解的恶魔驱使，是决不会干这种事的。大家都知道，这个恶魔只不过是一种本能，与使婴儿号哭以引起注意的本能相同。然而，除非一个人不断地努力抹去自己的个性，否则就写不出什么具有可读性的东西，这也是事实。优秀的文章就如同窗玻璃。我不能肯定地说我的动机中哪一个是最强烈的，但我知道哪一个值得遵循。回顾我的作品，我发现有一点始终如一：只要缺乏政治目的，我写的东西便毫无生气，只剩下华而不实的段落，句与句之间毫无意义，只能算是装饰性的形容词和假话空话的堆砌。

1946年

一个书评家的自白

在一个寒冷且不透气的客卧两用的房间里，到处散落着烟头以及几个还有半杯茶水的杯子。一个男人穿着破旧的晨衣坐在一张快要散架的桌旁，试图在布满灰尘的纸堆中给打字机找个地方。他没法儿把这些纸都扔了，废纸篓早已塞满，而且在没有回复的信件和没有支付的账单中，可能有一张两几尼[①]的支票，而他几乎可以肯定自己忘记将这张支票

① 几尼：旧时英国货币单位。

存到银行了。还有一些写有寄信人地址的信需要记到通讯簿里。但通讯簿被他弄丢了，一想到要去寻找——事实上，一想到要去找任何东西，便会让他产生一种强烈的自杀冲动。

虽然他只有三十五岁，但看上去得有五十岁了。他不仅谢顶，还得了静脉曲张，戴着一副眼镜，或者说如果不是总找不到那副仅有的眼镜的话，他就会一直戴着眼镜。在正常情况下，他往往营养不良，但如果最近运气不错，他又会饮酒过度。眼下是上午十一点半，按照他的日程安排，早在两个小时前，他就应该开始工作了。但哪怕他真的开始埋头工作，也会因为几乎一直响个不停的电话铃声、婴儿的哭闹声、街上的电钻声和债主们上下楼梯时沉重的皮靴声而中断。最近的一次打扰来自今天到达的第二批邮件，邮件里面除了两张传单，还有一张红字印刷的所得税催缴单。

不消说，这人是个作家。他既可能是诗人、小说家，也可能是电影编剧或者广播专栏作家，这是因为从事文学工作的人都非常相似，不过我们不妨认为他是位评论家。半掩在纸堆中的是一个笨重的包裹，里面有他的编辑寄来的五本书，随书寄来的还有编辑的一张字条，说这几本书放在一起看的话“应该很搭配”。这些书是四天前寄来的，但这位评论家精神萎靡，整整两天都没打开包裹。昨天的某个时刻，他下定决心，扯开包裹的绳子，发现那五本书分别是《处在十字路口的巴勒斯坦》、《科学养殖奶牛》、《欧洲民族简史》（这本书厚达六百八十页，重四磅①）、《葡属东非部落习俗》以及一本叫《躺下更好》的小说（这本书八成是弄错了才会被放到这几本书中间）。他得写出八百字的书评，并且必须在明天中午前“交差”。

这几本书中有三本涉及的是他一无所知的领域，他至少得读上五十页才能避免犯下滑稽可笑的错误，否则他不仅会在作者（当然，这些作者早已熟知他们这些书评家的毛病）面前露馅儿，甚至会在普通读者面前露馅儿。下午四点，他应该已经把书从邮包里取出来了，但是因为他的精神状态不怎么好，他还是无力打开书开始阅读。想到必须要读这些书，甚至仅仅闻到书里纸张的味道，都让他感到像是要吃浇了蓖麻油的冷米粉布丁一样不适。然而令人纳闷的是，他的稿子居然能及时送到编辑部办公室。不知为什么，他的稿子总能及时送到。

晚上九点左右，他的精神会变得相对清醒，一直到凌晨时分，他都会坐在这间越来越冷的屋子

① 磅：质量单位，1磅约合0.45千克。

里，一根接一根地抽烟，然后非常熟练地一本接一本地翻看，每当放下书时，他都会感叹一句："上帝啊，真是一堆废话！"到了早上，他两眼模糊，胡子拉碴，心情也会变得烦闷起来，在一张白纸前一发呆就是一两个小时，直到如同催命符一般的指针催他赶紧动笔。这时，他突然来了精神，所有的陈词滥调就像被磁铁吸引的铁屑一样纷纷落位，"一本不能错过的书""每一页都令人难忘""有几章关于某些内容的论述有特别的价值"。终于，书评在截稿前三分钟写完了，而且长度正好。与此同时，另一包东拼西凑、让人提不起兴趣的书又到了。他的工作就这样周而复始。可是几年前，这个饱受折磨、伤透脑筋的可怜虫开启职业生涯的时候是怀着极大的希望的。

我似乎夸大其词了？试问哪位常年写稿的书评家，也就是一年至少要写一百篇书评的人，能问心无愧地否认，他的习惯与性格不是我描述的那样。尽管所有作家在某种程度上都是这样的人，不过长期不加甄别地从事书评工作不仅特别令人讨厌，而且耗费精力，绝对是一项吃力不讨好的差事。他不仅要对某些拙劣的作品进行吹捧——这一点千真万确，稍后我会做说明，而且由于根本做不到有感而发，还要经常捏造对某些书的反应。尽管评论家早已对这份工作感到厌恶，但是出于职业需要，他还是得保持着对书的兴趣，而在每年出版的数千本书当中，有50—100本是他有兴趣为其写评论的。如果他是这个行业里的佼佼者，他可能会分到其中的10—20本，但更可能只能分到两三本。而他所写的其余书评，无论他在褒贬时是如何做到一丝不苟的，本质上都是谎话。他这是在把自己不朽的精神倒进下水道，每次半品脱[①]。

大部分书评要么不够充分，要么具有误导性。战后，出版商已经不能再像以前那样左右文学编辑，要求他们对出版的每本书都高唱赞歌，而由于篇幅限制和其他不便，书评的水平也不如以前了。基于上述情况，有人提出不再由职业书评家写稿。专业性书籍交由专家评论，而其他大量书评，尤其针对小说的评论，可以考虑由业余评论家来接手。因为几乎每本书都能引起某些读者的强烈感受——哪怕是强烈的反感，而这些读者的看法肯定要比那些深感厌烦的专业人士的意见更有价值。但遗憾的是，每位编辑都心知肚明，这类事情极难组织。实际上，编辑的约稿对象总是一帮固定的职业评论家——用他们的话来说，那是他们的“正规军”。

① 品脱：容积单位，1英制品脱约合568毫升。

只要人们还理所当然地认为每本书都应该被评论，那么上述问题就无法解决。涉及大量图书时，不对其中的大部分过度褒奖是不可能的。除非是专业人士，否则无法发现大多数书是相当拙劣的。百分之九十以上的书都可以贴上“一文不值”的标签，这也是对其唯一客观真实的评价，而评论家内心的真实想法则可能是“我对此书毫无兴趣，除非付给我报酬，否则我是不会去写评论的”。但读者并不想为这类东西付钱。他们为什么要付这笔钱呢？对于那些期待他们去读的书，他们希望能从书评中得到某种评估。但一旦涉及书的价值，评价的标准便无法建立。如果有人评论——几乎每个评论家每个礼拜至少会说一次——《李尔王》是一部优秀的戏剧，或者评论《四义士》是一部优秀的惊险小说，那么“优秀”在这里指的到底是什么呢？

依我看，最好的办法就是索性对大部分书置之不理，转而对少量有分量的书给出长篇（最少不低于一千字）评论。对即将问世的书所做的一两句简评还是有用的，而一般六百字左右的中等篇幅的评论，即使书评家真心想写。也是没有意义的，且通常情况下，书评家并不想写，因为每个礼拜都要雷打不动地写一小段评论，他很快会被压垮，使他沦落为本文开头描述的那个穿晨衣的可怜人。然而，对每个人来说，这世上总有人可以让他瞧不起，基于我在两个行业的一些经验，我必须说书评家的境况要好于影评家，影评家甚至不能在家工作，他必须在上午十一点参加内部预映，除了一两次明显的例外，他们多半会为了一杯劣质雪莉酒而出卖自己的尊严。

1946年

为小说正名

显而易见，目前小说在人们眼中的地位极低，低到“我没读过小说”这种十几年前说出来略带歉意的话，现在反而有些骄傲的意味。诚然，在知识分子眼中，现代或近现代还有几位小说家的作品可以一读。但关键是，那些一般的普通小说总是被习惯性地忽视，但普通诗集和评论集却仍有不低的地位。这就意味着，如果你选择写小说，你的读者群体智力水平往往比不上选择其他写作形式的。关于人们为什么无法创作优秀小说，有两个显而易见的原因。虽然现在小说渐渐式微，但如果小说家们对于自己的读者再不多加了解的话，小说没落的速度会更快。当然了，有的人可能会说（比如贝洛克那篇充满怨恨的文章）小说这种艺术形式已经跌入尘埃，没人在乎它的命运如何，我甚至觉得这种观点根本不值得我去反驳。无论如何，在我看来，小说毫无疑问是值得挽救的，而要想挽救小说，就得想办法说服知识分子去正视它。由此可见，我们有必要去分析小说式微的众多原因之一——在我看来也是最重要的原因。

问题在于，人们总喜欢大肆吹捧小说，这反而令其丧失了存在感。你去问一问任何有独立思辨能力的人，为什么他“从不看小说”？得到的回答往往是因为那些书评家笔下令人反胃的虚假夸赞，我甚至不需要举太多例子。上礼拜的《星期日泰晤士报》里就有个现成的案例：“要是你读了这本书后没有开心得拍案叫绝，那你简直是具没有灵魂的行尸走肉。”你随手翻一翻任何一部小说护封上的评语，都可以看到一模一样的或者类似的话。如果有人把《星期日泰晤士报》上的话当了真，那只会发现自己拼了命也追赶不上。被报纸力荐的小说以每天十五部的速度向你袭来，每一部都是读了就无法忘却的神作，要是错过一本，你的灵魂就危在旦夕。这就使得你在图书馆选书变得难上加难，而且要是你看完没有“拍案叫绝”，心里一定十分过意不去。不过，任何一个头脑清醒的人都不会被这种话语蒙骗，以至于人们对于小说评论的不屑让小说本身遭受了无妄之灾。当所有小说都被称作“天才之作”向你压来，那么你认为这些全是废话也是理所应当。现在，文学知识分子之间的这种观点已经非常普遍。如今，承认自己喜欢看小说相当于承认自己爱吃椰子冰激凌，或者比起杰拉德·曼利·霍普金斯[①]更喜欢鲁伯特·布鲁克[②]的作品。

明眼人都看得出来上述发生的情况，但很少有人看得出来为什么会发生这种情况。从表面上看，对书籍的大力吹捧不过是一个简单且无耻的推销伎俩。比如甲写了一本书，乙把这本书出版，再让丙在某周刊上发表评论。但如果丙写的评论不好，乙就会删除他的评论，于是丙只能吹捧这本书是“无法忘却的大师之作”，否则就只能喝西北风了。情况大致如此，小说评论风气日下最主要的原因就是写评论的人被出版商通过第三方进行操控了。但是

① 杰拉德·曼利·霍普金斯（Gerard Manley Hopkins，1844—1889）：英国诗人。

② 鲁伯特·布鲁克（Rupert Brooke，1887—1915）：英国诗人。

从表面上又看不出有什么不妥之处。这场骗局的参与者并非故意商讨后做出行动的，他们或多或少也是被逼无奈才落入了这种局面。

首先，有一种观点十分普遍，但其实我们不应如此认为，那就是小说家也很喜欢这种好评，甚至为了自己能够得到好评而付出了某种行动。谁不喜欢别人说自己的作品是令人心跳停拍的绝世之作，甚至可以和英语语言本身一起长存于世。但如果没人这样评价自己的作品，小说家也会感到失望，毕竟其他小说家都收到过类似评价，如果把你给漏掉了，大概说明你的书不好卖。其实雇人写评论是出于商业需要，就像护封上的评论引用也只是衍生品而已。但就算最没水平的受雇评论家，我们也不能指责他写了一堆废话。毕竟在他的处境下也写不了别的东西。因为就算是不存在有意或无意的贿赂情况，但只要人们还觉得每一部小说都值得评价，那“优秀的小说评论”就永远不可能存在。

一家期刊每周会寄送一摞书到受雇评论家丙家里去，作为上有老、下有小的顶梁柱，丙不得不接受这份工作来挣钱养家，而且他可以把收到的书以每本半块克朗[①]的价格卖掉。那么对于丙，有两个原

① 克朗：一种货币单位。

因导致他根本不可能对收到的书进行真实评价。第一，在他收到的十二本书里，很可能有十一本勾不起他一丁点兴趣。这些书不仅写得差，而且毫无感情色彩，毫无生气，也毫无意义。要不是收了钱要写评论，这些书他压根儿不会读一个字，并且对于几乎每一本书，他能写的真实评论只有："我对这本书没有任何感想。"但谁会花钱让人写这种评论呢？当然没有。所以，从一开始，丙的处境就十分尴尬，他必须对一本他根本没有感想的书绞尽脑汁地挤出三百来字的评价。一般来说，他会先大致概括一番故事情节（落在作者眼中就会发现他根本没读过这本书），然后说几句溢美之词，尽管说得天花乱坠，但依然分文不值。

然而更糟的是，丙不仅要概括这本书的内容，还要从他个人的角度来讲讲这本书究竟是好是坏。既然丙能提笔写字，那他八成不是傻子，至少不会认为《贞女》[①]是史上最佳的悲剧作品。如果他真的爱看小说，那么他最喜欢的小说家大概是司汤达、狄更斯、简·奥斯汀、D.H.劳伦斯，或者陀思妥耶夫斯基，总之肯定是水平比现在这些乏善可陈的小

① 《贞女》（*The Constant Nymph*）：英国小说家玛格丽特·肯尼迪（Margaret Kennedy，1896—1967）的代表作品。

说家厉害了不知多少倍的人物。所以首先他得大幅降低自己的评判标准。曾经，我在别的地方指出，用正规的标准来审视普通的小说就像用大象称重的弹簧秤来给跳蚤称重。在这么大的秤上根本显不出跳蚤的重量，所以我们得另造一杆秤，才能确定其实跳蚤也分大小。这基本上就是丙的做法。给一本接一本的书写上“废话连篇”的无聊评语本就没有意义，毕竟谁也不会付钱让你写这些东西。丙必须想方设法编一些不是废话的文字，而且得经常这么做，要不然只能喝西北风去。这就意味着他得大大降低自己的标准，比如他必须认为伊瑟尔·M.戴尔的《鹰之道》是本好书。但如果说《鹰之道》是本好书，《贞女》是部杰作，那《有产业的人》是什么？是令人心跳停拍的绝世之作，是震撼灵魂的惊世之作，是可以和英语本身长存于世的传世之作，等等。（至于那些真正的好书，就要冲破计量仪的上限了。）既然前提是所有小说都是佳作，那么评论家们所使用的形容词就成了一把梯子，同行们只能前赴后继，不断往上攀爬。刚开始，丙多少有所收敛，但过了两年，他已经在撕心裂肺地叫着芭芭拉·贝德沃西的《猩红之夜》是史上最精彩、最尖锐、最有深度、最难以忘怀的作品了。一旦犯下将坏书指为好书的原罪，那就再也无法跳脱这种循坏了。可是，但凡是写书评的，如果不触犯这一原罪，那就得丢了饭碗。与此同时，有头脑的读者都会厌恶地远离，于是贬低小说就成了某种显示你并不俗气的证明。于是，一个奇怪的现象出现了：一部真正有意义的小说很可能就此被人忽视，因为它受到的赞扬和那些平庸之作没什么两样。

有不少人提出建议，干脆大家都不要评论任何小说了。也许这会改变现状，但没有任何意义，因为这种事情根本不可能发生。只要是依赖出版商广告的报社，都不可能放弃打广告，虽然一些目光长远的出版商可能已经意识到，就算去掉护封上的书评也不会损失什么，但他们不可能去这么做，原因和各个国家不愿解除武装一样——谁也不想当带头的那一个。在之后的很长时间里，护封书评都不会消失，并且会越来越离谱，我们唯一的补救措施就是想办法让大家忽略它们。但要想实现这一目标，需要有一份脚踏实地做评论的书评作为标准，人们才会去比较。也就是说，得有一家期刊（带头的有一家就够了）专门去做小说评论，并且不去说那些无聊的废话。在这里，评论家可以直抒胸臆，不用做腹语者的傀儡，以及出版商的牵线木偶。

也许有的人会说，这种期刊已经出现了。有好几家格调不低的杂志，如果出了书评，都是很有水平的，不会被人操纵。确实如此，但问题在于这类刊物并非专门做书评的，另外，出评的速度肯定跟不上目前市面上出小说的速度。这些杂志属于上流人群，而在这些人眼中，现在这个样子的小说早已经不值一读。但小说是一种于大众之中流行的艺术形式，用“标准审查”的眼光审视小说是没有意义的，因为“标准审查”认为文学是只属于那一小部分上流人士的挠痒痒游戏（挠别人还是被挠就得看情况了）。小说家本质上就是个讲故事的人，而一个能把故事讲好的人（比如特罗洛普[①]、查尔斯·里德、萨默塞特·毛姆）却不一定是狭义的“知识分子”。每年，市面上会出现五千本新小说，拉尔夫·斯特劳斯巴不得你把每一本都读一遍，或者让评论家给每本都写个评论。而“标准审查”只愿给其中十来本施舍一点注意力。但是在这十来本到五千本中间，以不同衡量标准来看，也许有一两百本甚至五百本是很有价值的，而在乎小说命运的批评家就应该把注意力放到这些作品上。

但首先，我们得有评价的标准。大部分小说根本不值得提起，（想象一下，要是对《佩格报》

① 特罗洛普（Anthony Trollope，1815—1882）：19世纪英国著名作家，与狄更斯同时代。

上连载的所有小说都正儿八经地评论一番，会给评论业带来多么可怕的影响！）但就算是那些值得讲一讲的作品，也分属不同种类。比如《莱佛士》是一部很好的作品，《人魔岛》也是，《帕尔马修道院》也是，另外《麦克白》也是一本好书，但这些作品都“好”在不同的水平上。同理，《如果寒冬将至》《意中人》《业余社会主义者》《兰斯洛特·格里弗斯爵士》都写得很烂，但又烂得不尽相同。事实上，受雇评论家的专业技能之一就是模糊这一概念。我们应该可以定一个标准，一个成体系的严格标准，把小说分成类似A、B、C的等级，这样一来，无论评论家是在称赞还是批评一本书，我们至少知道他说的话有多大可信度。而评论家必须是的确喜爱小说的人（意思就是这些人的品位可能既不上流，也不俗套，而是可以变化的）、对写作技巧有兴趣的人，更重要的是想要了解小说真正内涵的人。这样的人有不少。目前那些最差的受雇评论家中，有不少虽然已经自暴自弃，但起初他们就是这样的人，你看一眼他们早期的评论就能知道。顺带一提，如果书评都是大家业余写一写就更好了。比起那些虽然能力出众，但已经疲于工作的专业作家，也许一个刚刚读了一本让他印象深刻的书的非专业作家更能表达自己对于这本书的理解。所以美国的书评尽管愚蠢，却写得比英国的书评好，这是因为美国书评更业余，显得更认真。

我相信，如果大致按照我所说的方式去做，我们可以挽救小说的声誉。关键在于一家能够跟上小说的发展潮流但又不会落俗而降低标准的报纸。同时，这家报纸又不能太出名，否则出版商会争前恐后地去登广告。另外，如果出版商发现报纸上对某本书真心实意地写了赞美之词，肯定也很乐意将其写到护封上。就算这家报纸实在是小得可怜，但总的来说也会提高小说评论的水平，毕竟礼拜日报纸上那些废话评论之所以没有断绝，就是因为没有比较。但就算受雇评论家们依旧顽固不化，只要真诚的评论出现，让少数人知道再严肃的人也是可以读小说的就可以了。就像上帝曾保证过，如果所多玛①有十个正人君子，那他就不会毁灭这座城镇。因此，如果人们了解到世界上还有小说评论家愿意说真话，哪怕只是寥寥数人，小说就不会再遭人唾弃。

在这个年代，如果你真的喜欢小说，甚至你自己也写小说，那你的确看不到什么前途。一提到

---

① 所多玛：《圣经·创世纪》第18—19章中出现的城市，因罪孽深重，上帝决意毁灭它。亚伯拉罕向上帝求情，上帝答应如果城里还能找出十个正人君子，那就可以饶恕该城。

“小说”，“护封”“天才”和“拉尔夫·斯特劳斯”这些词便不请自来，就像一提起“鸡肉”，你就会想起“调味汁”一样。知识分子鄙夷小说几乎成了一种本能，这就导致已经有所建树的小说家黯然退场，而想表达一些想法的新手则都去参与其他形式的创作了。这一现象给小说带来了无法忽视的打击。你只需要看一眼任何一家廉价文具店柜台上随意堆叠的小故事书就知道了，只要四便士就能将其买走。这些玩意儿都是小说的畸形后代，它们和《曼侬·莱斯戈》《大卫·科波菲尔》之间的关系就像哈巴狗和狼之间的关系一样。也许不久之后，正经的小说就会变得和这些四便士一本的故事书没什么区别，只不过小说肯定会是六七便士的装订本，还有出版商铺天盖地的宣传广告。有不少人曾预言，在不久的将来，小说会彻底销声匿迹，但我不这么认为，这解释起来太麻烦，但明眼人都看得出。更可能出现的情况是，如果我们不能让最富才华的作者们重新从事小说创作，小说就只能以一种潦倒、困顿和无可救药的姿态苟延残喘下去，就像现代的墓碑或者《庞奇和朱迪》木偶戏。

1936年

优秀的坏书

不久前，一个出版商准备重印莱纳德·梅里克[1]的一部小说，并且让我写一篇介绍。看样子，这位出版商是准备重印一系列20世纪的冷门小说。在这个好书十分稀有的年代，这项工作无疑是很有价值的，我也很羡慕那个负责去廉价书摊寻找自己童年时代爱书的人。

有一种书，如今我们很少出版，但在19世纪

① 莱纳德·梅里克（Leonard Merrick，1864—1939）：英国小说家。

末20世纪初的时候，这种书十分流行，它被切斯特顿称为“优秀的坏书”，这种书在文学上不值得标榜，但是在很多正经的作品消失后，这种书也是可以一读的。显而易见，这类书里最出类拔萃的作品就是《莱佛士》以及《夏洛克·福尔摩斯》系列作品。不胜枚举地被打上“问题小说”“人文纪实”，还有“骇人控诉”标签的作品被遗忘后，它们仍能保有一席之地。（柯南·道尔和梅雷迪斯，谁穿得更光鲜亮丽？）在我看来，与上述作品同级的还有R.奥斯汀·弗里曼早期的小说《歌唱的白骨》《死神之眼》等，以及欧内斯特·布拉马的《马克斯·卡拉多斯》。

但除了惊悚小说，这个时期也出现了不少写幽默小说的作家。比如佩特·里奇（不过我得承认我已经读不下去他的长篇作品了）、E.内斯比特（《寻宝者》）、乔治·伯明翰（只要他远离政治，笔头功夫还是不错的），还有写色情作品的宾斯泰德，如果美国作品也可以算在内的话，还有布思·塔金顿的《彭罗德》系列作品。比上述作家更胜一筹的是巴里·佩恩。现在，想必佩恩的部分作品仍在出版，但对于任何对他感兴趣的读者，我想推荐的作品现在已经非常少见，比如《克劳迪斯的八度音阶》，这是一本十分精彩的惊悚作品。再往后数几年还有彼得·布朗戴尔，他的写作风格与W.W.雅各布斯有些相似，其曾创作了关于远东海港城镇的作品，但他似乎被人们莫名其妙地遗忘了，尽管H.G.威尔斯曾公开称赞过他。

然而，我在上面提到的作品都是所谓的“逃避文学”。它们会在你的记忆里形成愉悦的补丁，是你脑海里的一个安静角落供你时不时浏览放松，但它们从来不假装自己和现实生活有任何联系。另有一种“优秀的坏书”，本来的写作意图是十分严肃的，我认为这类书恰恰体现了小说的本质以及小说如今式微的原因。过去五十年中，有很多作家——其中部分作家如今仍在写作——不论以任何稍显严格的文学标准来审视，都算不上“优秀”，但他们生来就是小说家，并且他们的作品本就是真诚的，部分原因是他们没有被所谓的高雅品位所束缚。我把莱纳德·梅里克、W.L.乔治、J.D.贝雷斯福德、欧内斯特·雷蒙德、梅·辛克莱都归为这类作家，而更低一个等级但本质上与他们类似的作家则是A.S.M.哈金森。

上述作家大多十分高产，这导致其作品质量不够稳定。不过在我看来，每位作家还是有一两部出色作品的，比如莱纳德·梅里克的《辛西娅》、W.L.乔治的《卡利班》、J.D.贝雷斯福德的《真理候选人》、欧内斯特·雷蒙德的《被告者》，以及梅·辛克莱的

《组合迷宫》。在这些作品中，作者都能把自己代入自己想象的角色中，体会角色的感受，并为角色寻求共情，而他们所达到的这种完全忘我的境地是聪明人很难做到的。他们揭示了这样一个事实：就像歌舞厅里的喜剧演员一样，拥有太过丰富的知识，对一个讲故事的人来说可能并不是什么好事。

就拿欧内斯特·雷蒙德的《被告者》举例，其谋杀故事情节十分阴暗，但又能说服读者，八成是基于“克里本一案”改编的。我认为，作者并没有完全理解他所描写的那些人有多么可悲、粗俗，因此他并不鄙视他们，这反而给作者带来了好处。也许像西奥多·德莱塞的《美国悲剧》一样，这部作品也从它笨拙冗长的写作方式中获得了一些意外的效果；各种细节堆叠在一起，几乎没有选择的空间，于是在这个过程中慢慢产生了一种残酷折磨的可怕效果。《真理候选人》也是同理，虽然这部作品没有那种笨拙冗长的写作方式，但对于普通人的小事情也会一丝不苟地进行描写。《辛西娅》以及《卡利班》的前半部分也是如此。W.L.乔治笔下的大部分作品是垃圾，但在这部改编于诺斯克里夫①

① 即艾尔弗雷德·哈姆斯沃思（Alfred Harmsworth，1865—1922），英国现代新闻事业奠基人。

生活经历的作品中，他却极其逼真地描写了伦敦下层中产阶级的生活，令人难忘。这本书中的很多地方有些自传的味道，而这些优秀的坏作家有一个优点，那就是他们根本不怕写自传会丢自己的脸。过于暴露情感或是自怜自艾当然对写小说十分不利，但是如果太过害怕这两点，反而会打击作家的创作灵感。

优秀的坏书这种作品的存在——也就是一本以正常人的智力水平完全无法正视的作品，竟然也可以引起你的兴趣、让你感到兴奋甚至感动——恰恰证明了艺术和人的大脑活动不能混为一谈。我觉得，不管是接受哪种种类的测试，卡莱尔都会比特罗洛普更聪明。但特罗洛普的作品如今仍有拥趸，而卡莱尔的作品早已销声匿迹，这是因为无论他多么聪明，他都根本无法用直白简洁的英文去写作。对小说家来说，其智力很难和创造力产生联系，这一点和诗人极其相似。一位好的小说家既可能是像福楼拜那样自律的奇才，也可能是像狄更斯那样聪明的懒鬼。在温德姆·刘易斯的所谓小说中——如《塔尔》或《傲慢的男爵》——所倾注的才华足以成就几十位普通作家。然而想把这种书一字不落地读完，却是件相当费力的事情。有那么一种难以言明的品质，就像文学的维生素，甚至在《如果寒冬将至》

中都能找到，但在这些作品中却没有分毫。

也许《汤姆叔叔的小屋》就是最具代表性的优秀的坏书。作者本不想写得如此荒诞不经、充满各种离奇的戏剧性事件，但这本书又非常动人，本质上又是十分真实的。我们很难确定这本书里的哪种品质更胜一筹。不过，毕竟《汤姆叔叔的小屋》的作者本意是想把它写得非常严肃，从而揭露真实世界。那么那些毫无底线的“逃避文学”作家、那些提供了真实刺激和“轻”幽默的作家又算什么呢？《夏洛克·福尔摩斯》《小爸爸大儿子》《德古拉伯爵》《海伦的孩子们》和《所罗门王的宝藏》又算什么呢？毫无疑问，这些都是荒诞之作，你应该去取笑它们，而非被它们给逗笑，毕竟就连作者本人都没把其当回事。然而，这些作品却流传至今，并且八成会继续如此。只能说，如果人类文明依旧如此，人们时不时仍需消遣，那么“轻”文学就会有一席之地。并且，有一种叫作“纯粹的技巧”或“天生的才学”的东西可能比博学的大脑或渊博的知识更有生存下来的价值。有的歌曲虽然只出现在歌舞厅，但也许比诗集里收录的四分之三的诗歌还要好：

来啊，这里酒水便宜，

来啊，这里锅大食丰，
来啊，这里老板热情，
来吧，到隔壁的酒店！

或者：

两只可爱的黑眼睛，
啊，真没想到！
只是为了叫错人，
两只可爱的黑眼睛！

比起《被祝福的少女》和《山谷中的爱情》，我绝对更愿意写这两首诗。同样的，我也完全敢说《汤姆叔叔的小屋》绝对比弗吉尼亚·伍尔夫或者乔治·摩尔的任何作品都更有生命力，尽管我也不知道用什么文学标准来看才能找到它到底优越在哪儿。

1945年

书店记忆

我曾在一家二手书店打工，最令我惊讶的事情就是真正爱书之人其实很少。如果你没有在二手书店待过，它在你想象中可能是像天堂一样的地方，总有温文尔雅的老绅士翻阅着书架上的牛皮珍本。我们书店的库存格外丰富，但在我看来，也许能分辨一本书好坏的顾客还没有一成。比起真正的文学爱好者，更常见的是喜好收集初版书籍的收藏者，比之更常见的则是为了省钱而对一本教科书锱铢必较的学生，而最为常见的就是为了给子侄挑生日礼物而绞尽脑汁的女人。

来我们这儿的很多顾客到了别的地方都是人见人嫌，但在书店里却有了特别的表现机会。比如，有位老太太曾说想“送本书给病人”（这个要求很常见），又有另一位老太太说自己在1897年读过一本好书，想让我们帮忙给她找一本来。但问题是，她既想不起书名，也不记得是谁写的，最要命的是她还忘了书的大概内容，只记得书的封皮是红色的。除了这种人，还有两种人是每家书店都逃不了的“蛀虫”。一种是浑身散发着发霉面包屑味道的老邋遢，他们每天都会来一趟书店，甚至一天来好几趟，他们要把自己手头那些一文不值的破书卖给你。另一种人则会订购数量巨大的书，但其实他们一个子儿也不打算给。我们店里概不赊欠，但可以给客人留书，如果有需要的话，也可以帮忙提前订书，之后客人再来取。但订了书又如约来取的客人竟是鲜有半数。最开始，这种情况让我实在摸不着头脑。他们这么做是为了什么？他们总是来到店里，订购一些又贵又难买的书，又让我们一遍又一遍地保证一定要留存给他，接着就仿佛人间蒸发，不再出现了。不过这类人大多是太过偏执，患了癔症。他们总是夸夸其谈，吹嘘自己，编造着自以为精妙的故事说出门恰好忘了带钱——不过我觉得，很多情况下，他们自己的确认为确有其事。在伦敦这样的城市街头，总是游荡着一些半疯不疯的人，这类人就尤其爱去书店，因为书店是少见的能进去待很久还不用给钱的地方。到后来，你一眼就能辨别出这类人。不管他们怎么吹嘘标榜，其身上总有种掩盖不住的腐朽味道和迷茫神情。一般来说，一看到明显是这类偏执狂的人进店了，我们就会把他想要的书收起来，等他走了再上架。我留意到，这些人倒是从没想过能免费把书取走，只要说了自己打算订购就足够了，想来是因为这已经满足了他们觉得自己花费了真金白银的虚荣感。

和其他二手书店没什么两样，我们书店也有副业。比如我们还出售二手打字机，以及邮票——不过我说的是用过的邮票。集邮爱好者这个群体十分奇怪，他们总是保持沉默，像鱼一样。他们有老有少，但仅限于男性；显然，女人们觉得把彩色纸片贴到册子里这事好像没什么特别的乐趣。我们还以六便士一张的价格出售星象图，编图的人称自己预言过日本地震。星象图都存放在密封的信封里，我从来没打开看过，但凡是买过的人都说他们买的星象图是“真的”。（毕竟任何星象图都是“真的”，只要它说你对异性吸引力很强，或者说乐善好施是你最大的缺点。）我们童书卖得很多，大多是“滞销特价书”。

现代童书相当糟糕，特别是你看到它们堆成一座小山的时候。以我自己来说，比起《彼得·潘》[①]，我宁愿给孩子看佩特罗尼乌斯·阿比德的书。但与后来的模仿者相比，巴利的笔触也显得硬朗了。每逢圣诞，我们都得如火如荼地干上十天——推销圣诞节贺卡和日历。卖这些东西很麻烦，但毕竟趁着节日的东风，生意都不错。这种赤裸裸地利用基督教徒感情的行为虽然无耻，但我觉得很有趣。制作圣诞贺卡的公司早在6月就派人带着目录来招揽生意了。我对他们发票上写的一句话印象极其深刻，写的是“两打耶稣宝宝和兔子”。

但我们最大的副业还是租书。这种业务很常见，一般是“每本两便士，不需要押金”，总共有五六百册书，全都是小说。窃书贼肯定爱死这种租书处了！先去第一家店花上两便士把书借来，然后去掉标签，换家店叫价一先令把书卖了，这简直是世界上最不费事的犯罪了。不过书商们认为，比起收取押金吓走顾客，每个月损失一定数量的书（每个月，我们店会丢十来本）还是在可承受范围内的。

我们店坐落在汉普斯特德和卡姆登镇的交会

① 英国小说家及剧作家詹姆斯·马修·巴利（James Matthew Barrie，1860—1937）于1911年出版的长篇小说。

处，这里汇聚了形形色色的顾客，从准男爵到公交售票员都有。可以说，从我们这儿租书的读者在很大程度上代表了整个伦敦的读者群体，而我们的租书处出租率最高的作家是谁还是很值得一提的——是普里斯特利[①]，还是海明威，抑或沃尔普尔[②]，甚至是沃德豪斯[③]？其实都不是，而是伊瑟尔·戴尔。排在第二位的是瓦里克·狄平，接下来应该就是杰弗瑞·法诺尔了。当然了，戴尔的小说只有女人才读，但并不是大家以为的忧郁老姑娘或者烟店的胖老板娘，而是来自各个年龄、各个阶层的万千女性。说男人完全不读小说肯定不妥，但确实有不少类型的小说，男人是不去碰的。粗略地说，似乎普遍意义上的小说——普普通通、乏善可陈、高尔斯华绥一类风格的作品，也是英国小说的典型——只为女人而存在。男人读的小说要么是值得尊敬的，要么就是侦探小说，但他们阅读侦探小说的速度可谓十分惊人。我记得我们书店的一位读者每个礼拜就要读四五个侦探故事，这种情况持续了一年多，这

---

① 普里斯特利（John Boynton Priestley，1894—1984）：英国剧作家、小说家、批评家。

② 沃尔普尔（Horace Walpole，1717—1797）：英国小说家。

③ 沃德豪斯（Pelham Grenville Wodehouse，1881—1975）：英国小说家。

还没算他从其他店借的书。关键在于，同一本书他从不读第二遍。但显而易见，如此令人瞠目结舌的一堆“废料”（我算过，他每年读过的书页平铺开来，占地面积达四分之三英亩）已经永远存放在他脑海中了。他从不刻意记书名或者作者是谁，但只要瞥一眼内容，他就知道是不是“已阅”的书了。

在租书处，你可以了解到人们的真正品位，而不是装出来的。有一件事情十分出乎意料，那就是“经典的”英国小说家完全入不了读者们的法眼。把狄更斯、萨克雷[①]、简·奥斯汀和特罗洛普的作品放到租书处完全没有意义，因为它们根本租不出去。一瞅是19世纪的小说，人们会说：“啊，这书也太老了！”然后就头也不回地走了。但就像莎士比亚的书一样，狄更斯的书还是很好卖的。狄更斯的作品属于人们“一直准备读”的那类，而且就像《圣经》一样，他的作品也是人们口耳相传才渐渐熟知于人的。很多人只是听别人说过比尔·赛克斯是小偷、米考伯先生是个光头，就像他们听说人们是在一只香蒲篮中发现了摩西、他还见过“上帝

① 即威廉·梅克比斯·萨克雷（William Makepeace Thackeray，1811—1863），维多利亚时代的代表小说家，与狄更斯齐名，其代表作是世界名著《名利场》。

的背”一样。还有一件事情值得注意，那就是看美国书的人越来越少了。再有就是短篇小说的沉寂，几乎每隔两三年，出版商们都会被这事搞得焦头烂额。有一种人总会让图书管理员帮自己挑一本书，但他们往往开头就会说“不要短篇小说”，或者“我不喜欢故事太短”，我们店里一位德国顾客就总是这么说。如果你问他们原因，他们有时会说换个故事就要换一群角色，重新了解起来太累了。他们喜欢那种读了第一章就可以“沉浸”在里面，不用再费脑子的小说。不过我觉得，在这个问题上，作家的责任比读者更大。大部分现代短篇小说——不管是英国的还是美国的——都了无生趣、没有意义，比起大多数长篇小说差远了。真正能够称得上流行短篇小说的还是D.H.劳伦斯的作品，他笔下的短篇小说不输长篇小说。

要问我自己是否想从事售书一行？直接给结论的话，那就是不会，虽然书店老板待我不薄，我在书店的日子也过得舒心。

只要位置不差，有数目合适的资金，那么但凡让受过教育的人来经营这家书店，求个安稳的生活总是没问题的。除非你准备参与“珍稀书本”的生意，这门生意不难学，而且如果你自己对书本有了解，会给你带来不少好处。（很多书商就不了解。

想了解他们的水平，看一眼他们刊登广告的报纸就知道。要么把《罗马帝国衰亡史》的作者认成鲍斯威尔，要么把《弗洛斯河上的磨坊》的作者当成T.S.艾略特。[①]）而且这一行很讲人情味，不至于太过凡俗。虽然大公司能断了杂货店和送奶工的生路，但永远不会挤走小书店。可是工作时间就长得要命了——我只是个兼职，但我的老板每个礼拜要在工作上花七十个小时，更别提还要经常出差好几个小时去收书——这种生活是很不健康的。像是不成文的规矩，到了冬天，书店里面都很冷，因为如果书店太温暖的话，橱窗就会布满雾气，要知道，书商可是全靠橱窗展示书本的。而且比起其他任何东西，书本上积的灰总是更厚更脏，这里也是最容易找到绿头苍蝇尸体的地方。

但我之所以不想在卖书这一行当里待一辈子，是因为我当时在做这门生意的时候，已经失去了对书本的热爱。要卖书，书商总得说假话吹嘘一番，这就使得他对书反而产生了抵触情绪。更糟糕的是，他总得不停地给书掸去尘土、东搬西挪。我曾

---

① 《罗马帝国衰亡史》的作者是英国历史学家爱德华·吉本（Edward Gibbon，1737—1794），《弗洛斯河上的磨坊》的作者是英国作家乔治·艾略特（George Eliot，1819—1880）。

经是十分喜爱书本的——我喜欢看书的样子、闻书的味道、摸书的感觉，当然我说的是至少五十年以上的旧书。那时候我最高兴的事就是在乡村拍卖会上用一先令买到一大堆这样的书。在这样一堆书里，你总能找到一些有着特别韵味的旧书：18世纪不知名诗人的诗集、过时的地名录、没人记得的奇怪小说，还有无数60年代的女性杂志。如果只是随便读读——比如泡在浴缸里，或者深夜累得无法入睡的时候，又或是午饭前那十五分钟的空闲时间，那么随手翻一翻《女孩自己的报纸》绝对是最合适的了。但自打进了书店，我就不愿意买书了。每次看到五千本、一万本的书堆成小山，总会看腻的，甚至有些厌烦了。现在，虽然我也会偶尔买本书，但只是因为我真的想读，但又找不到借的地方，我向来不会买些没用的废品。陈年旧书的书页香味已经吸引不了我了，一闻到它，我就会想到那些偏执的顾客和死掉的绿头苍蝇。

1936年

新词

目前，新词需要一个缓慢的过程才能形成（我曾经在某些地方读到过：英语每年增加六个新词，减少四个旧词），除了给新的实物命名，人们不会专门发明新词。而在抽象词语中，则从来没有新的词语被发明出来，只是有时出于科学目的，旧词（如“条件”“反射”等）会被赋予新的含义。在此我想说明的是下面这种做法是行得通的，即编纂一个由几千个单词组成的词汇表，用以应对当前我们几乎无法用语言表述的某些生活经历。关于这个主张有一些反对意见，为此我将进行阐述。首先，我要说明我们创造新词是出于何种目的。

但凡多少进行过思考的人应该都注意到了，我们的语言几乎无法描述发生在头脑里的任何事情。这一点得到了人们的普遍认可，因此技巧高超的作家（如特罗洛普和马克·吐温）在他们自传的开头就表明了不打算描写自己的内心世界，因为本质决定了它无法诉诸语言。一旦我们要描述任何非具体或者无形的事物时（甚至在很大程度上，即便描述的是具体或者看得见的事物时情形也一样，看看我们在描述人的外貌时多么困难），我们就会发现辞藻跟现实的差别就如同棋子跟生物一样截然不同。让我们以做梦为例，这是一个不会引起枝节问题的明显案例。你会如何描述梦境？显然你从来没描述过，因为我们的语言中没有任何词语可以表达出梦境的氛围。当然，你可以粗略描述出梦中发生的一些事情。你可以展开“我梦到跟一只戴着高顶礼帽的豪猪一起走在摄政街上”类似这样的表述，但这并非对梦的真实描述。即使心理学家从“象征”角度为你解梦，在很大程度上，他依然只是在猜想。至于梦的真实特性，这个赋予豪猪独特意义的梦的本质是无法用语言描述的。事实上，描述一场梦如同把一首诗按照博恩翻译丛书[1]的表达方式翻译出来，除非你知道原文，否则这类改写总让人晦涩难懂。

我之所以选择以梦境为例，是因为其无可争议，但如果只有梦无法描述，那这件事就不值得费心了。人们强调过多次，清醒时的大脑跟做梦时的大脑并没有看上去或者并没有像我们以为的那样不同。的确，我们大部分清醒时的思考是“理智”的，也就是说，我们的大脑里存在某种类似棋盘的东西，我们的想法按照逻辑逐字逐句地在上面“移动”。我们在处理所有纯粹的智力问题时会用到大脑中的这一部分，而且我们习惯认为（也就是在做棋盘式思考时认为）我们用到的是全部大脑。但情况显然不是这样的。梦境中那种混乱的非语言世界从未从我的头脑中完全消失，如果能够进行统计的话，我敢说我清醒时的思维有一半属于这一类。毫无疑问，即使当我们逐字逐句地进行思考时，梦境式思维也会介入，它们影响了语言式思维，在很大程度上体现了我们内心世界的价值。你可以在任意时刻观察一下自己的思维，你会发现活跃在你头脑中的主要是一连串的无名事物，它们非常难以形

① 英国出版商亨特·乔治·博恩出版的未经授权的廉价翻译丛书，内容包括希腊语和拉丁语的古典著作。

容，你甚至不知道该把它们叫作思想、印象，还是感受。它们首先是我们看到的事物或者听到的声音，其本身是可以用语言描述的，但一旦进入你的头脑中，就变得完全无法描述。[①]此外，还有大脑不断为自己创造的梦境生活，尽管大部分很琐碎，且很快就会被忘记，但它包含的美好、有趣的东西超越了任何用语言可以描述的事物，甚至在某种程度上，由于头脑中无法用语言表达的这一部分几乎是所有动机的来源，它成了我们大脑中最重要的部分。所有的好恶、审美观、是非观（审美和道德上的考量无论如何都是密不可分的）都起源于我们的感受，而这些感受被公认为比语言更微妙。当被问到“你为什么这么做，或者为什么不那么做”，诸如此类的问题时，即使你并不想有所隐瞒，也总是留神不把真正的理由说出来，因此你多少会不够诚实地把自己的行为合理化。我不知道是否每个人都会承认这一点，因为确实有人似乎没有意识到自己被自己的内心世界所影响，或者甚至没有意识到有内心世界的存在。我注意到很多人在独处时从不大

---

① “在心灵这片海洋，世间万物皆可找到与其相似之处，而它超越凡尘种种，在遥远的彼岸缔造出其他的世界和其他的海洋。”（出自安德鲁·马维尔的诗《花园》）——原注

笑，我想这样的人内心世界一定比较贫乏。尽管如此，每个人都是有内心世界的，并且意识到无论是理解别人还是被别人理解几乎是不可能的。总的来说，每个人都意识到了人类生活在像星球一样的孤寂之中。几乎所有文学作品在试图通过迂回的方式逃离这种孤独，因为采用直接的方式（即使用表达基本含义的词语）几乎无济于事。

富有想象力的写作好比从侧面进攻那些从正面无法攻破的阵地。当一个作家试图进行与冷静的“智力”无关的写作时，用表达基本含义的词语几乎很难做到。如果他达到了自己想要的效果，那也是在遣词造句时采用了一种巧妙迂回的方式，依赖词句的抑扬顿挫，这就如同一个人在演讲时会依靠声调和手势一样。就诗歌而言，这一点更是众所周知，无须讨论。但凡对诗歌有最起码的了解，就不会有人真的认为——

人间的月亮熬过了月蚀之灾，
可悲的卜师嘲讽自己的预言。

这句诗的含义就是这些词语在字典中的意思（据说这一对句子是指伊丽莎白女王安全度过了更年期）。单词在字典中的意思几乎总和其真实含义有关，但这种关联不会比一幅画的“逸闻趣事”和其构思之间的关系更加密切。散文也是如此，只是稍有不同而已。我们不妨考虑一下小说，哪怕是一部从表面上看同内心世界没有关系的小说，也就是所谓的“纯粹的故事”。例如《曼侬·莱斯科》，作者为什么要创作这样一部冗长曲折、关于不忠的女孩和逃跑的僧侣的作品？那是因为他产生了某种感觉或者某种幻想之类的东西，而且可能一番尝试之后，作者发现，要像在一本动物学的书里描述龙虾那样把自己的幻想描述出来是徒劳的。于是他不再进行直接描述，而是创作出其他形式的作品（在这个例子中是流浪汉小说[①]；在另一个时代，作者会选择其他创作形式），这样就可以或多或少地表达自己的幻想了。事实上，写作的艺术在很大程度上是在歪曲词语，甚至可以说，看上去越不明显的作品，对词语的歪曲越彻底。对于某些似乎歪曲词语含义的作家（例如杰拉德·曼利·霍普金斯[②]），如果仔细观察，你会发现其实他是在想方设法直截了当地使用这些词语；反之，另一个看上去没有任何

---

① 流浪汉小说：16世纪中叶在西班牙产生的一种新型的文学体裁。

② 杰拉德·曼利·霍普金斯（Gerard Manley Hopkins，1844—1889）：英国维多利亚时代杰出的诗人之一。

技巧的作家，例如老式民谣作家，却在做着巧妙的侧面攻击，不过就民谣作家而言，他们这么做绝对是无意识的。当然我们听到过很多这样的论调，大意是说所有优秀的艺术作品都是“客观的”，真正的艺术家不会展现自己的内心世界。但持这种论调的人说的话并不能当真。他们只是希望内心世界可以通过一种非常迂回的方式表现出来，就像在民谣或者“纯粹的故事”中一样。

迂回的写作方式不仅有难度，而且常常会失败。对任何普通的艺术家来说（可能对优秀的艺术家来说也一样），拙于用词常常会导致意思被曲解。有哪个曾经写过像情书这类东西的人觉得准确表达出了自己的意图？作者会有意无意地歪曲自己的意思。之所以说是有意的，是因为词语的随意性常常会诱使或者吓得作者背离自己的初衷。当他有了一个想法并试图表达时，在写出来的一大堆乱七八糟的词语中，某种写作模式就会不知不觉地逐渐形成。这绝不是作者想要的模式，但至少不粗俗，也不会令人不快，甚至算得上“优秀的艺术”。他接受了这种模式，因为“优秀的艺术”或多或少可以看作上天赐予的神秘礼物，当它出现时，弃之不用未免太可惜了。每个内心多少还算诚实的人难道不会意识到，自己一天到晚无论是在说话还是在写作时都在撒谎吗？这仅仅是因为谎言会以艺术的形态呈现出来，而真话不会。但如果词语能像底乘高表示平行四边形的面积那样，完全、准确地表示出要表达的意思，那至少撒谎的必要性就不存在了。由于仅凭词语无法直接理解思维，因此在读者或者听众的大脑中还会产生更多被曲解的内容，他们总是看出并不存在的意思。有一个很好的例子可以说明这一点，那就是在我们对外语诗歌进行所谓的赏析时。我们从外国批评家做的《华生医生的爱情生活》[①]这类评论中便可知道，想要真正理解外国文学作品几乎是不可能的，然而却有相当无知的人声称从外语诗甚至从用失传的语言写的诗中得到了极大乐趣。显然，他们的乐趣可能来自诗人从未想表达的含义，如果诗人地下有知，有人将这些莫须有的含义加到自己身上，怕是不得安宁。我自言自语地念道："最近，我过着适合战士的生活[②]。"我把这句话反复念了五分钟，体会着idoneus[③]这个词的美妙。然而，考虑到时代和文化的鸿沟、我对拉丁文的无知，以及甚至没人知道拉丁文如何发音的事实，我所欣赏的有可能是贺拉斯原本想要表达的东西吗？这就好比我之所以沉迷一幅画的美

① 原文中此处为法语。

② 古罗马诗人贺拉斯的诗句，原文是拉丁文。

③ 拉丁文，意思是适合的、恰当的。

妙之处，仅仅是两百年前在画完成后不小心被洒到画布上的一些颜料。请注意，我并不是说如果词语能更可靠地传达意思，艺术的表达也要有所改进。据我所知，艺术正是借着绘画语言的粗糙和模糊才得以繁荣。现在我批评的只是在传播思想时应当起媒介作用的词语。从严谨度和表现力来看，我们的语言似乎仍停留在石器时代。

我提出的解决办法是，我们应该像为汽车引擎发明新的零件那样主动创造一些新词。假使有一个词汇表可以准确表达全部或者很大一部分思想活动，假使我们不会再因为生活无法用言语表达而感到索然无味，不再被艺术上的花招欺骗，表达想法时只需要选择正确的词语，让它们出现在合适的地方，就像计算代数方程式一样简单，我认为这样做的好处是显而易见的。不过相比之下，坐下来运用常识主动创造新词则更容易理解。在论及如何创造出令人满意的新词之前，我最好先回应一下免不了出现的反对意见。

如果对任何一个有思想的人说“让我们组建一个团队来发明一些更加微妙的词”，首先他会反对说这是怪人才有的想法，可能接着又会说只要把我们现有的词语妥善处理一番，它们就足以应付所有难题了。（当然后面的反对意见是假设的。实际生活中，人人都会意识到语言的不足，想想人们用的这些措辞“不知说什么好”“不是他讲的内容，而是他讲话的方式”，诸如此类的表述。）最后，他给出的答复是“事情不能以这种学究的方式来做。语言只能像花一样慢慢成长，你不能像组装机器零件一样把它们拼凑起来。任何人造的语言都是没有个性和生命的，看看世界语之类的语言就知道了。词语的全部意义就在于它慢慢累积起来的联想等特质”。

首先，就像有人提出改变某些事物时会引起大部分争论一样，这种长篇大论就是变相地在说一切必须保持原样。迄今为止，我们从未有意地去着手创造新词，所有现用语言的发展既缓慢，又随意，由此可见，语言不能以其他方式发展。目前，当我们想表达任何超越几何概念的内容时，就必须在声音和联想上面要些手段，因此，词语的本质必然会导致这种做法。以上这些显然都是不合逻辑的推论[①]。而且请注意，关于抽象词语，我只是建议对现有做法进行扩充。眼下我们要做的是创造具体的词。飞机和自行车被发明出来后，我们给它们起了名字，这是很自然的事情。只要再往前一步，我们就可以为头脑中存在的东西命名了。你问我：“你为什么不喜欢史密斯先生？”我会回

① 原文为拉丁文non sequitur，意为“不合逻辑的推论”。

答："因为他撒谎，是个懦夫。"这类的话。但我几乎可以肯定这不是真正的理由。在我的头脑中，真正的理由是"因为他是一个'××'的人"，"××"代表了我对这个人的看法，如果我能告诉你，你自然就会明白是什么意思了。那为什么不把"××"定义出来呢？唯一的问题是我们要对这个定义达成共识。但早在这个问题出现之前，爱读书和爱思考的人就已经对创造新词的想法望而却步了。他们会提出我上面提到的那种论点，或者多少带着嘲讽的语气提出其他丐题[①]式的论点。事实上这些统统都是谎言。他们之所以退缩，是出于一种根深蒂固、不可理喻的本能，从根源上讲，这些都是迷信造成的。他们有这样一种感觉，任何直接、合理的解决问题的方法，任何像解方程式一样解决生活难题的尝试，都不会有结果，甚至可以说是极不安全的。你随处可以见到这样的想法以各种不同的面目出现。所有为了敷衍了事而说的关于国家天才的胡言乱语，以及那些与理智的严谨和公正相悖，经不起推敲的无神论者的神秘主义，实际上是在表达不去思考才更安全的观点。我敢肯定，这种感觉始于人们孩提时就普遍存在的一种想法：天上全是复仇的

---

① 丐题指的是在论证时先假定要证明的论题是真的，这样会产生循环论证，是一种典型的"预设谬误"。

恶魔，准备处罚那些妄自尊大的人。[1]成年后，由于人们害怕过度理性的思考，这种想法得以残存下来。最危险的骄傲是智者的妄自尊大。大卫因为数点百姓而受到了惩罚。[2]也就是说，因为他科学地运用了自己的聪明才智才受此惩罚。例如像体外发育这样的创意，除了可能会对种族健康和家庭生活等有影响，给人的感觉是其本质上在亵渎上帝。同样，对语言这类基本事物所做的任何抨击可以说是对我们人类最基本的大脑结构进行抨击，这也是在亵渎上帝，是危险的。对语言进行改革实际上是在妨碍上帝工作，倒不是说有谁会把这种想法彻底表达出来。这种反对意见很重要，它使大多数人对于改革语言这一类的想法甚至懒得考虑。当然，除非由很多人参与进来，否则光有这个想法是没用的。像詹姆斯·乔伊斯那样，由一

① 这种观念指的是恶魔会因为你太过自信而惩罚你。于是，孩子们认为，如果你钓到了一条鱼，在把它拉上来之前就说“抓住了”，那鱼就会跑掉；或者如果在轮到你挥棒之前就把护垫戴上，你第一球就会被淘汰出局，诸如此类的观念。这种想法也存在于成年人身上，只是迷信的程度比孩子们少一些，因为他们对周围环境有更大的影响力。人们越是感到无力（例如在战争中或者在赌博时），就会越迷信。——作者注

② 《圣经》中的一个故事，大卫出于炫耀国家强盛及国民之多的意图，进行了一次人口普查，引起了耶和华神的愤怒，降下瘟疫，使民间死了七万人。

个人或者一个小圈子来发明一种语言如同一个人独自踢足球一样荒唐。我们需要的是数千个具有天赋的普通人，像如今人们研究莎士比亚那样，认真投入创造词语中来。有了这些，我相信我们可以在语言上取得惊人的成就。

现在来谈谈发明新词的方法。我们可以看到的成功案例是产生于大家庭成员之间的一些新词，尽管这些词数量不多，而且比较粗糙。每个大家庭里都有两三个他们自创的特有词，用于表达词典上没有的某种微妙含义。当他们说“史密斯先生是××人”的时候，用的是家庭自创且其他成员完全能听懂的词语。也就是说，在这个家庭里，存在一个弥补了词典某方面不足的形容词。他们基于共同的经历创造了这些新词。当然，如果没有共同经历，这些词是没有任何意义的。如果你问我：“佛手柑的气味如何？”我会告诉你：“闻上去像马鞭草。”只要你知道马鞭草的气味，就大概了解我的意思了。由此可见，我们要做的是基于明白无误的常识，采用类比法创造新的词，同时建立起一套不会产生任何误解的标准，可以参照马鞭草气味这类物质。事实上，归根结底，我们要使新的词是现实存在的（也许可以让人们看到）。仅仅谈论词语的定义是徒劳无益的，这一点在人们试图对文学批评家使用的一些词语（如“多愁善感的”[①]“庸俗的”“病态的”，等等）进行定义时就可以看出。这些词毫无意义，更确切地说，对不同的人有不同的意义。我们要做的是把一个意义以某种明白无误的方式展示出来，然后，不同的人在各自头脑中对这个意义进行鉴定，如果认为这个意义值得拥有名称，那就给它起个名字。由此可见，问题的关键就在于找到一种使思想可以客观存在的方法。

说到这里，我的脑海中立刻浮现出了电影摄像机。每个人应该都注意到了潜藏在电影中的魔力，它可以使事物失真，可以让人们产生幻想，总之可以使人们摆脱现实世界的束缚。我认为只有出于商业上的考量，电影才会被主要用于对舞台剧进行无聊的模仿，而没有被用在它本该发挥作用的地方，即集中于舞台以外的事物。如果能被正确使用，也许电影可以作为一种传递思想活动的媒介。例如我上面提到的做梦这件事，用语言是完全无法描述的，但可以很好地被呈现在荧幕上。几年前，我看

---

① 我曾经拟了一个名单，列出了被评论家们批评为“多愁善感的”作家，结果发现，这个名单几乎包含了所有英语作家。这个词实际上是毫无意义的，是一种仇恨的象征，就像《荷马史诗》中被作为友谊的象征赠送给客人的铜鼎。——原注

过一部道格拉斯·费尔班克斯[①]的电影，其中一段情节就有对梦境的呈现。当然，其中大部分是在开一些愚蠢的玩笑：一个人一丝不挂地出现在大庭广众之下，但有那么几分钟看上去确实很像梦境，这是用语言甚至绘画或者音乐都无法描述的。我在其他电影中也见到过类似的场景一闪而过，比如在电影《卡里加利博士》[②]中，只不过大部分内容很滑稽，而且幻想元素也只是被单纯地呈现出来，没有表达任何特定含义。你不妨想象一下，就会发现大脑中很少有什么东西是不能被电影那种不可思议的失真能力呈现出来的。假如一个百万富翁拥有私人电影摄像机、各种必要的道具以及一班悟性较高的演员，那么只要他愿意，就几乎可以把自己的内心世界展现出来。这样他就可以给出自己为何做出某些行为的真实理由，而不需要编造合理的谎言，可以把普通人因无法用语言表达而不得不隐藏起来的东西表达出来。总之，他可以使别人理解他。当然，除了天才，我们并不希望任何个人都来展示自己的内心世界。我们想要的是发现那些人类共同拥有却

① 道格拉斯·费尔班克斯（Douglas Fairbanks，1883—1939）：美国演员、导演及剧作家，因出演默剧而出名。

② 《卡里加利博士》：德国一部惊悚电影。

无以名之的感受。找出所有无法用语言表达、不断引起谎言和误解的强大动机，给予它们可以看得见的表现形式，达成共识后，再给它们命名。我相信，以电影几乎无限的表现力，再经过合适的研究者之手，这一目标将不难达成。尽管把思想用可以看见的形式表现出来并非易事，事实上，在开始的时候，它可能和任何其他艺术形式一样困难。

另外，我对新词应采用的具体词形做一下说明。假设有数千人承担了语言的增补工作，他们有充足的时间、才华和财力。假设他们设法对一些必要的新增词语达成了共识，那么他们仍须警惕，以免创造出另一种沃拉普克语[①]，一经问世就被束之高阁。在我看来，也许一个词语——哪怕是一个还不存在的词语——应该有其自然形态，或者在不同的语言中有不同的自然形态。如果语言确实富有表现力，就没有必要像我们现在这样在词语的发音上做文章了，不过我认为在词语的意思和发音之间一定存在某种联系。有一种公认的（我相信）关于语言起源的理论看起来是可信的：在会说话之前，原始人会自然地依靠手势交流，而且像其他动物一样，在打

① 沃拉普克语：一种人造语言，是世界语的先驱，1880年由德国巴伐利亚牧师约翰·马丁·施莱尔创造。

手势之前，他们会喊出声来以吸引同伴的注意。这时候，他会本能地做出符合自己意思的手势，同时身体的其他部分——包括舌头——也会跟着一起动。这样，某种特定的舌头动作——也就是某种特定的发音——就与某种特定的意思联系了起来。我们可以看到诗歌里的某些词语除了依靠它们的本义，通常是靠发音来传达某种特定意思的。例如："比以往更深沉的坠落声"（出自莎士比亚之手，他应该不止一次这样写过）、"在猛然的坠落之后"（豪斯曼[①]），以及"未经深探，使人们彼此疏远的咸海"（马修·阿诺德），等等。显然，除了本义，"坠落"或者"深探"的词根plum-或者plun-的发音都与深不见底的海洋有关。由此可见，在确定新词的词形时，除了要注意定义是否准确，还要留意发音是否合适。目前来看，从旧词中创造出一个多少有点新意的新词是行不通的，而且仅仅用一些字母随意组成一个新词也是不可取的，就像新词的实际意义需要得到普遍认可，它的词形也需要很多人一起合作才能确定。

以上内容写于仓促之间，重读之后，我发现自己的论点尚存不足之处，大部分是老生常谈。不管

① 豪斯曼（A.E.Housman，1859—1936）：英国著名学者和诗人。

怎样，对大多数人来说，对语言进行改革这种想法要么属于一知半解，要么非常古怪。但人类之间——至少不亲密的人之间——如此彻底地互不理解是值得思考的。正如塞缪尔·巴特勒[①]所说，当前最优秀的艺术（也就是最完美的思想传递）一定是从一个人的头脑中“移植”到另一个人的头脑中。如果我们的语言能够更加充分地满足人们的需要，就不必如此了。奇怪的是，我们的知识、我们生活的复杂性以及随之而来的（我认为这是必然的）思想都发展得如此之快，而我们交流的主要方式——语言——却几乎寸步不前。因此，我认为主动发明词语的想法至少是值得深思的。

1940年

① 塞缪尔·巴特勒（Samuel Butler，1835—1902）：19世纪英国作家。

在鲸腹中

（一）

亨利·米勒的小说《北回归线》于1935年出版，然而人们对它的称赞却有些拘谨，显然是因为有很多人生怕别人以为自己喜欢书中的色情部分。T.S.艾略特、赫伯特·里德、阿道司·赫胥黎、约翰·多斯·帕索斯、埃兹拉·庞德[①]等都对本书进行

① 埃兹拉·庞德（Ezra Pound，1885—1972）：美国诗人、翻译家、评论家，“意象派”诗歌的重要代表人物。

了称赞——总之，都是当时没有大火的作家。而就这本书的主题和思想来说，它更像是20世纪20年代的书，而非30年代。

《北回归线》是用第一人称视角写作的，无论从什么角度去评价，它都更像一本以小说形式写就的自传。米勒本人坚持说这本书就是自传，只不过在写作时使用的节奏和方法都是写小说的技巧。本书描写了美国人生活在巴黎的故事，不过与俗套情节不同的是，这个故事中的美国人并不富有。在那个美国经济蒸蒸日上的年代，美元价格水涨船高，法郎价格日渐跌落，于是，各种艺术家、作家、学生、半吊子艺术家、游客、浪荡子，甚至流浪汉都挤进了巴黎，那场面世上难见。在部分区域，所谓的艺术家八成比正经上班的人还多——有人曾统计，在20世纪20年代末，身在巴黎的画家多达三万人，不过大多数是滥竽充数罢了。巴黎居民逐渐对艺术家见怪不怪，不管是穿着绒裤、声音粗犷的女同性恋，还是身穿古希腊或中世纪的戏服在街上大摇大摆走路的年轻人，人们都不会多看他们一眼。而巴黎圣母院旁边的塞纳河岸边放满了素描画凳，几乎没有能落脚的地方。这个时代到处是黑马和怀才不遇的天才，人人都把“成功人人有，明天到我家”这种话挂在嘴边，但真正成功的人寥寥无几。

然后，这股热浪又像冰河世纪突然降临一般熄灭，世界各地蜂拥而至的艺术家们消失殆尽。才刚刚过去了十年，蒙巴纳斯大区的咖啡店里就不再夜夜笙歌，那些装模作样的顾客不知所踪，现如今，这里仿佛黑暗的墓穴，连鬼都懒得造访。米勒笔下的世界正是如此——温德姆·刘易斯的《塔尔》等作品中的世界也是如此，但米勒只专注描写这个世界的最底层，那些浪潮衰退后仅存的无产者流民不仅是名副其实的艺术家，也是彻头彻尾的无赖。他们中有怀才不遇的天才，总是偏执地“准备”写一本让普鲁斯特颜面无存的小说，这些人的确有才华，然而只有在不用为下顿饭发愁的罕见时刻，他们的天才才会灵光乍现。现实中的大部分情景不过是满是虫子的工人旅店、打架斗殴、彻夜酗酒、低俗妓院、难民、沿街乞讨、诈骗使坏，以及做不了几天的工作。而在外国人看来，巴黎穷人区的整个面貌无非是铺满鹅卵石的小巷子，散发着垃圾馊味的空气，柜台油腻不堪、地板脏乱的小酒吧，塞纳河脏得发绿的河水，巡逻在大街小巷、身着蓝色斗篷的共和国卫队，破烂的铁皮小便池，散发出奇怪甜味的地铁站，满地的烟头，飞过卢森堡花园的鸽子。这些场景都是真实存在的，至少可以说这些场景给人带来的感觉的确存在。

乍一看，用这些素材可写不出什么好书。《北回归线》出版之时，意大利军队正赶赴阿比西尼亚，希特勒的集中营规模也越来越大。在这个时候，一本描写美国流民在巴黎拉丁区酗酒的小说似乎掀不起什么波澜。当然，小说家没有责任对当代历史进行描写，但要是真的完全把当时的重大事件置若罔闻，那这人不是蠢货，就是傻子。大概了解一下《北回归线》的故事主题，大部分人可能会觉得这不过是一本20世纪20年代遗留的一本胡乱写就的书而已。然而，但凡读了这本书的人，都会觉得这是一本独一无二的杰作。为什么说它是杰作？它好在哪儿？这两个问题从来都不好回答，最好从我对《北回归线》的第一印象讲起。

刚看《北回归线》的时候，我发现里面充斥着各种不允许印出的字眼，我的第一反应是不能让这种东西给我留下任何印象。相信大多数人的反应和我差不多。可过了一段时间，我虽然不记得书中细节，但它给我带来的感觉却奇怪地在我心间萦绕。一年后，米勒出版了第二部小说《黑色的春天》。这时，我对《北回归线》的记忆越发生动起来，远远超过第一次读的时候。我读完《黑色的春天》，第一感觉是作者的水准下降了，比起上一本书，它的整体性差了许多。然而又过了一年后，

《黑色的春天》的许多文字也在我的脑海里变得清晰起来。显然，这两本书都是那类让你能够留有回味的作品，就像老话说的，它们是“自成一个世界的书”。有这种效果的不一定非得是好书，也可以是《莱佛士》或者《夏洛克·福尔摩斯》这类优秀的坏书，或者像《呼啸山庄》《带绿色百叶窗的房子》这类违背伦理的书。但时不时地，一本让人们眼界大开的书会面世，它不会描写什么奇闻逸事，而是揭示生活琐事背后的意义。比如《尤利西斯》，它真正不可思议的地方就是它所描写的素材是我们身边常见的事物。当然，《尤利西斯》的优点不仅是这一点，毕竟乔伊斯既是一位诗人，也是一位德高望重的学者，不过最见他笔力功底的还是他描写人们熟悉场景的本事。他敢于——这不仅需要写作技巧，还关乎勇气——揭露人性深处的愚昧，于是他才能发掘出一个藏在人们眼皮底下的美国。在我们以为世界上有些东西是永远无法言表的时候，有人的的确确将它们见诸笔端了。这么做的效果至少是暂时性的，即打破了人类生命相互独立的状态。读完《尤利西斯》的某些章节，你会觉得乔伊斯和你的思想完全融为一体；会觉得尽管他从未听闻你的名字，却对你了如指掌；会觉得你和他曾在某个不属于当前时空的地方进行了深度交流。在其他方面，虽然亨利·米勒和乔伊斯并不相同，但在这一点上他们非常相似。当然并不是完全相同，毕竟他的作品水平时好时坏，有时会连篇废话，有时则陷入超现实主义的沼泽，尤其《黑色的春天》。不过，只要你读上5—10页，就会有一种奇妙的宽慰之感，这并不是理解或被理解的感觉，不是认为“他对我十分了解”或者“这段话就是写给我看的”，而是恍惚间有一个友好的美国人在对你说话，话语里既没有欺骗，又没有说教，只是含蓄地表达着“我们都一样”。在这个瞬间，谎言与你无关，俗套不再缠身，摆脱了平庸小说甚至优秀小说中那种已经模式化、像是提线木偶般的剧情，开始深切体会作为人类应有的经历。

但这是什么经历？属于什么样的人类？米勒所描写的就是普通路人，遗憾的是，路上的行人本应是他的同胞。这就是远离故土的惩罚，你必须把自己的根扎在浅浅的土壤中。比起画家甚至诗人，流浪在外对小说家造成的伤害更大，因为他将远离正常的工作和生活，眼界只能被局限在街道、咖啡馆、教堂、妓院和工作室中。总的来说，你可以通过米勒的小说读到海外侨胞的生活，读到人们饮酒、聊天、沉思、通奸，而非工作、结婚、生子。这无疑十分遗憾，因为想必他对于这些活动也能描写得十分透彻。《黑色的春天》中有一段描写纽约的精彩闪回，写的是欧·亨利时代爱尔兰后裔蜂拥而至的纽约。不过他对巴黎的描写才是最佳的，这得益于他们毫无社交价值的属性。他笔下的醉鬼和流民显得更有角色特征，他在描写这些人物时所运用的技巧也是近期小说中闻所未闻的。这些角色不仅十分真实，而且可以让你很有熟悉感，你甚至会感到他们的所有冒险经历都曾发生在自己身上。当然，从“冒险”的角度来说，这些经历没什么特别的。

亨利找了一份给印度学生做家教的工作，后来又去了一所糟糕的法国学校工作，结果气温骤降，厕所都被冻得堵上了。他和名叫柯林斯的船长朋友一起去喝酒，然后去妓院找黑人美女。他还和小说家朋友冯·诺登谈天说地，这位小说家脑袋里有世界上最棒的小说，但他总是不能静下心来创作。他另外一个朋友卡尔是一个吃了上顿没下顿的主儿，却被一个富寡妇相中，非要嫁给他。在描写卡尔无法决定挨饿和跟富寡妇上床哪个更糟的时候，有哈姆雷特般的大段独白。米勒把卡尔跟富寡妇约会的场景描写得无比细致，先是卡尔去宾馆前认真打扮了一番，又写了去之前紧张得忘了小便，结果整个晚上都被憋得痛苦难耐等情况。然而，最后我们却发现这些描写都是假的，富寡妇并不存在，这都是卡尔一手编造的，只为给自己找些存在感。全书的描写方式大概如此。这些荒诞的小事为什么让人读起来津津有味？很简单，因为整个氛围让你感到非常熟悉，你在读的过程中，把这些经历都代入到了自己身上。你之所以会有这种感觉，是因为作者把普通小说所使用的正式语言抛开，然后把人们内心深处的腌臜和琐碎摆到了光天化日之下。对米勒来说，他所做的并不是探索人类思维的轨迹，而是大大方方地把自己的日常事实和情感摆出来。事实是，很多普通人的——也许是绝大多数人——言行和书中完全一致。《北回归线》中，人物交谈时有很多污言秽语，读小说时我们很少见到，但平时生活中却司空见惯，我不知道听了多少遍这样的对话，而人们似乎从没觉得自己这样说话有多么粗鄙。值得一提的是，《北回归线》并不适合年轻人阅读。这本书出版的时候，米勒已经四十多岁，在此之后，他又写了三四本书，但显然只有第一本流传的时间最长。它是那类经过沉寂和默默无闻后，才慢慢彰显价值的书，而它的读者都是目的明确、愿意等待的人。书中行文令人震惊，《黑色的春天》中的部分章节更甚。我无法直接引用书中文字，毕竟肮脏的字眼随处可见。但是阅读《北回归线》和《黑色的春天》，尤其前一百来页，你就会明白，就算在如今这个时代，英文散文依然有着强大的力量。书中人们日常都讲英语，但并不耻于讲英语，也就是说，他们不在乎自己有没有使用华丽的词，不在乎自己会不会说冷门的词语或富有诗意的辞藻。这种消失了十年的方法如今再次出现，这是一种富有节奏感却又冗长的行文方式，与平铺直叙的谨慎表达方式或是现在流行的小吃店闲聊完全不同。

像《北回归线》这类书刚出版时，人们对其第一印象是用语过于粗俗，这是非常自然的。现如今，人们对文学仍持高雅的态度，这就使想要全然不顾这些束缚去读一本用语不堪入目的书的确有些难度。人们要么震惊不已，要么反感排斥，甚至可能感到病态般的兴奋，或是干脆不愿留下印象。最后这种反应恰恰是最常见的，这导致用语粗俗的书遭到了本不应有的忽视。有一种说法越发流传开来，那就是写一本粗俗小说简直易如反掌，人们写这种书只不过是为了炒作话题，从而赚钱罢了。然而真实情况却并非如此，毕竟真正够得上法律判决标准的淫秽书籍并非常见。要是写几句脏话就能轻松挣钱，人们早就趋之若鹜了。既然真正“粗俗”的书籍没有遍地开花，人们却已经倾向把这类书也笼统地归入进去，这种做法是很不公平的。人们把《北回归线》和另外两本书若有若无地联系了起来：《尤利西斯》和《茫茫黑夜漫游》。但实际上我们在《北回归线》中看不到多少这两本书的影子。米勒和乔伊斯的共同点仅在于两人都愿意去描写平日生活中无聊的腌臜事。如果抛开写作技巧不谈，《尤利西斯》中描写葬礼的场景与《北回归线》的风格还是比较类似的，整章的描写都类似忏悔或内心坦白，揭露出人类内心深处的无情冷漠。这两本书有所相似的地方仅此而已。作为小说，《北回归线》远不如《尤利西斯》。乔伊斯是一位不折不扣的艺术家，从这个角度来说，米勒不是（估计也不愿做）艺术家，他想成就的东西要多得多。他探索的是人类在清醒、梦境、遐想（比如在“铜与金”一章中）、醉酒下的不同状态，并将这些状态全部糅合进复杂的模式中，几乎像维多利亚式的“情节”。米勒只不过是一个不带感情色彩谈论生活的人，只不过是一个有着智识勇气和文字天赋的美国商人。也许有一点很重要，那就是他的形象完完全全是大众眼中的美国商人。拿他的书和《茫茫黑夜漫游》做对比，这么做没有任何意义。两本书中都出现了粗俗的语句，某种意义上也都算得上自传体，但也仅此而已。《茫茫黑夜漫游》是那种有明显目的的书，其目的就是抗争恐怖、空虚的现代生活，更确切地说，是抗争“生命”本身的恐怖与空虚。这本书就是一声怒吼，发自难以忍受的厌恶，来自社会最肮脏的底层粪坑。《北回归线》则完全是反过来的，书中的描写太过罕见，甚至十分反常，但归根结底写书的人是快乐的。《黑色的春天》也是如此，只不过快乐的程度稍弱，因为作者时不时会在书中表达自己的思乡之情。米勒过过很多年无家可归的无产者生活，饥饿、流离、卑微、失败，夜晚风餐露宿，还要和移民局的人做斗争，为几枚铜板而拼尽全力，他却觉得乐在其中。与之同样的生活，塞利纳却觉得无法承受。米勒没有选择奋起斗争，而是选择了接受。而“接受”这个词就让人想到了一位与他十分相似的美国同胞——沃尔特·惠特曼。

但是在20世纪30年代做一个和惠特曼类似的人还是有些奇怪的。要是惠特曼本人活在这个年代，不知道他还能不能写出和《草叶集》哪怕有一丁点相似的作品来。毕竟他当年说的是“我接受”，但现在的接受和那时的接受完全不同。惠特曼进行创作的那个年代无比繁荣，更重要的是，在他那个年代，“自由”对他所在的国家并不只是一句口号而已。他总谈起的民主、平等、集体感等概念也不是空洞的理想。生活在19世纪中叶的美国人，如果你自己感到自由和平等，那你事实上也的确是自由和平等的。诚然，那时候也存在贫困甚至阶级分化，但除了黑人，没有哪个阶层永远低人一等。每个人心中都有一种思想内核，那就是自己可以凭本事谋生，不需要对谁拍马逢迎。马克·吐温笔下密西西比河上的筏子客和引水员，或是布勒特·哈特笔下到西部淘金的人，他们之所以会给你一种比石器时代的食人族还要陌生的感觉，其原因很简单，他们都是真正自由的人。不过，我们在《小妇人》《海伦的宝贝》和《离开班戈》中可窥得端倪，就算是东部各州那些过着安宁家庭生活的美国人也同样如此。你可以在这些作品中读出，生活具有一种轻松、逍遥的品质，一股温暖的愉悦感会在你的胸口油然而生。如果这就是惠特曼所要赞美的，那他做得可不算好，因为他属于那类告诉你该有什么感觉的作家，但无法让你发自内心地产生这种感觉。不过对他来说幸运的是，他过世较早，没有亲眼看到美国人的生活随着大规模工业的崛起和对廉价移民工人的剥削而堕入深渊，因此他的信仰未曾受到动摇。

米勒的见解与惠特曼非常相似，几乎每个读过他书的人都会发现这一点。《北回归线》的结尾处颇具惠特曼的风格，主角经历了一系列纵欲、诈骗、斗殴、酗酒、犯傻等行为后，只是简单地坐下来，怀着一种无法言明的认命与接受，注视着流淌不息的塞纳河。问题在于，他接受的是什么？首先肯定不是美国，而是由一堆堆白骨堆积而成的欧洲，这片土地上的每一粒尘土都曾见证无数人的残骸。在那个时代，发展与平等并不是主旋律，而是充斥着恐惧、暴政和强权主义。而在20世纪30年代说“我接受”就意味着要接受罐头食品、肃清、口号、贝杜工资制、戴防毒面具以及政治谋杀，等等。当然，要接受的事情远远不止于此，这些只是冰山一角而已。这就是亨利·米勒的写作态度，不过他的态度有时也会发生变化，他时不时会展现出自己更加正常的思乡愁绪。在《黑色的春天》的前段，米勒用很大篇幅赞美了中世纪，如果将其单独作为散文发表，将是近些年最出色的作品，而其中表现出的态度与切斯特顿有些相似。在《麦克斯与白细胞》中，他以憎恨工业化的文人口吻大力抨击了现代美国文明（比如早餐麦片、玻璃纸等）。不过总的来说，他还是表现出了“全部接受”的态度。而从表面来看，这本书似乎在抨击生活中下流和肮脏的一面，但仅仅只是流于表面，因为实际生活远比小说作者愿意付诸笔下的样子更恐怖。惠特曼自己“接受”了在他那个时代人们无法接受的很多事物。他在描写壮阔草原的同时，也曾游荡于城市，记录自杀之人碎裂的头颅和“手淫之人病恹恹的灰色面容”，等等。毫无疑问，我们目前所处的年代比起惠特曼生活创作的年代要更加病态、更加希望渺茫，至少西欧是这样。和惠特曼不同，我们生活在一个不断“缩水”的世界，“民主的图景”被铁丝网无情扼杀。造物和成长的氛围越来越弱，人们总是无视需要不断摇晃的摇篮，却把目光聚集在可以自己烧开的茶壶上。接受文明的现状就等于接受倒退和腐朽。奋发图强的氛围已经变成被动的态度，甚至“颓废堕落”。

然而正是因为米勒对于这些经历的态度是被动接受的，所以比起那些目的性较强的作家，他才更能接近普通人的状态，因为普通人就是被动接受的。在一个窄窄的圈子里（比如家庭、工会或当地政治），他自认为可以掌控自己的命运，然而一旦遇上大事，他就像面对大自然一般无力。他非但没有努力影响未来，反而选择任由一些事情发生在自己身上。在过去十年里，文学把自己与政治的关系拉得越来越近，后果就是普通人在文学中能享受的东西比起过去两个世纪都更少。比较一下描写西班牙内战和一战的书籍，就可以看出主流文学态度的变化。描写西班牙内战的书给人的第一印象就是写得极其无聊且差劲，至少用英文来写的都是如此。但最显眼的一点则是与此有关的所有书籍——无论是右派，还是左派——都是一帮自大的党派支持者以政治角度书写的。与此同时，描写第一次世界大战的书籍则都是由普通士兵或是低级军官写成的，他们甚至懒得假装自己掌握了战争的大局。像《西线无战事》《战火》《永别了，武器》《英雄之死》《向一切告别》《步兵军官回忆录》和《索姆河贱民》等作品并非出自政治宣传者笔下，而是战争受害者的肺腑之言。这些作品传达出的思想是："到底为什么要打这该死的仗？老天爷才知道。我们能熬过去就不错了。"虽然米勒没有描写战争，总体来说，也没有写生活的不幸，但他表达出的态度与上面所说的更相似，而不是现今流行的全知全能的态度。米勒曾给一家昙花一现的杂志做过编辑，这本杂志取名为《拥护者》，并在广告中自诩"与政治无关，与教育无关，非激进、非合作、非伦理、非文学、非持续、非当代"，而米勒自己的作品也几乎可以用这句话来描述，这是来自大众的发声，来自社会底层的发声，来自三等车厢的发声，来自与政治无关的、与道德无关的、被动接受一切的普通人。

对于"普通人"这个词，我一直用得比较随意，而且总是先入为主地认为"普通人"的确存在，但如今有的人却不这么认为。我的意思并不是米勒写的是普罗大众，更不是说他写的是无产者。

目前还从未有美国或英国小说家正儿八经地写过无产者。不过，《北回归线》中的角色算是“普通”得过了头，他们整日无所事事，并且声名狼藉，甚至显得有“艺术特色”了，这反而离普通人的形象越来越远。之前我已经提到过，虽然很遗憾会出现这种情况，但这是流浪国外必定出现的后果。米勒所描写的“普通人”既不是劳动工人，也不是乡村农民，而是落魄之人、冒险之人、背井离乡落魄潦倒的美国知识分子。不过，就算是这一类人，他们的经历也与普通人有很多相同之处。米勒能够让自己手头有限的素材发挥出最大价值，因为他敢于正视它们。普通人——也就是“平均意义上的人”——被赋予话语权，成了巴兰的驴子。

人们会觉得这种态度有些落后，至少不再时兴。平均意义上的人不再时兴。专注性和内心的真实性已经不再时兴。美国人去巴黎生活不再时兴。《北回归线》在这样一个时代问世，要么是无聊的道貌岸然之作，要么是难得一见的佳作，而在我看来，读过这本书的大多数人会同意它并不属于第一种。那么，这本书究竟为何偏要与当今文学潮流背道而驰，这就值得深究了。而要继续深挖，我们就需要了解该书的写作背景，也就是第一次世界大战后的二十多年间，英语文学的总体发展情况。

（二）

要说一位作家受欢迎，大概意思就是说三十岁以下的读者对他十分追捧。在战争期间以及战争刚刚结束这个时期之初，有思想的年轻人最追捧的作家基本上是豪斯曼。1910—1925年间，豪斯曼在青年男女之间有着难以想象的深远影响力。1920年，那时候我刚十七岁，对《西罗普郡少年》这首诗就已经烂熟于心了。不知道对现在的十七岁少年来说，他们对《西罗普郡少年》会有什么印象，又会留下什么样的思想印记呢？首先，他们肯定听说过这首诗，甚至已经读过这首诗，这首诗给他们留下的第一印象大概是有些小聪明，但也仅限于此了。然而，我和我的同龄人却把这首诗反复吟诵，像入了迷似的，就像我们的前辈吟诵梅雷迪斯的《山谷中的爱情》和斯温伯恩的《冥后花园》，等等。

我的心充满悔恨啊，
为了夭折的亲密朋友；
唇红如玫瑰的少女啊，
还有那脚步轻捷的少年。
多少矫健的少年，
如今静躺在宽不可跃的河边；
多少红唇的少女，

沉睡在玫瑰凋谢的田野。

这首诗读起来是那么清脆。然而在1920年却并非如此。为什么泡沫总会破裂？对于这个问题，我们首先需要了解某些作家在某些特定时期受追捧的外部原因。豪斯曼的诗刚出版时并未引起多大波澜，那么，到底是什么原因，使得1900年左右出生的青少年深受其吸引？

首先，豪斯曼是一位“乡村”诗人。在他的诗中，我们能感受到偏远乡村的美丽，有很多引人思乡的地名：克伦顿、克伦伯里、奈顿、路德洛、“温洛克山崖”、“布雷顿的夏天”，等等。还有棚屋顶和铁匠铺的叮当捶打声、牧场上的野花，以及“回忆里的青色大山”。除开战争诗，1910—1925年间的英国诗歌大多是乡村风情。其原因无非是食利者阶级与土地之间的联系被完全割裂，但当时有一种风气比现在更加盛行，那就是属于乡村而鄙视城镇的优越感。无论是当年，还是现在，英格兰都算不上农业国，但在轻工业在全国范围内遍地开花之前，人们很容易把英格兰看作农业国。大部分中产阶级家庭里的孩子是在能瞧见农场的地方长大的，这就使他们自然而然地更喜欢田园生活，如耕地、收割、打谷，等等。没亲自动过手，男孩子们很难理解挖萝卜有多累人，也无法体会凌晨四点钟起床给牛挤奶有多辛苦。战争即将开始、战争进行中和战争刚结束的时候是属于“自然诗人”的时代，是理查德·杰弗里斯和威廉·亨利·哈德森的创作巅峰。鲁珀特·布鲁克的《格兰切斯特》是1913年的最佳诗歌，它不过是一股浓郁无比的乡土情怀，把各个地名挤到一起一股脑儿地吐出来罢了。作为诗歌，《格兰切斯特》实在是一文不值，但作为那个年代中产阶级思想青年内心世界的缩影，还算有些参考价值。

然而，不同于布鲁克等人，豪斯曼并没有周末欣赏蔓生蔷薇的闲情逸致。虽然他的作品一直围绕着乡村的主题，但只不过是为作品定个基调而已。他的大多数诗歌有着拟人化的主题，是一种理想化的乡村风格，将思乡者和牧童带入了现实且跟上了时代。这种风格本就有着很强的吸引力。从过往经验可以得出，过分文明的人更喜欢阅读乡村风格的书（关键词“亲近乡土”），因为他们总是幻想自己比现实中更加原始、充满激情。于是，希拉·凯伊·史密斯等作家的“黑土”小说应运而生。在那个时候，中产阶级出身的男青年都有着“乡土”情结，他们更愿意与农民来往，而不愿与城镇工人接触。大多数男孩心目中有着农夫、吉卜赛人、偷猎者或猎场看守人狂野自由、漂泊流浪的理想化形象，认为他们总是过着猎兔、斗鸡、骑马、狂饮和纵欲的日子。梅斯菲尔德的《永恒的仁慈》也是该时期一首极具价值的诗歌，它以十分原始粗犷的方式在人们的脑海中描绘出画面，在战争前后的年代广受男青年追捧。不过，豪斯曼的《莫里斯和特伦斯》值得受到正视，但梅斯菲尔德的《索尔·凯恩》则不然。从这方面来说，比起梅斯菲尔德，豪斯曼就多了一些提奥克里图斯的风格。另外，豪斯曼的作品主题都有关于青少年，如谋杀、不幸福的爱情、早夭，等等，故事中描写的不幸简单直接，让人们感觉自己面对的是生命最真实赤裸的真相：

烈日照着草半割完的山坡，
血液已经干涸凝固；
莫里斯安静地躺在干草堆，
腹间插着我的刀。

以及：

他们把我们关进休斯贝林大牢，
汽笛凄凉地鸣叫；
铁轨上的火车整夜哀号，

为清晨死去的人祈祷。

两节诗的调子基本类似，但内容之间的联系性不强。诗歌的标题是《奈德长睡于墓地，汤姆长眠于监狱》。另外，还有这种强烈的自怜自艾的情感——一种“没人爱我”的感觉：

露珠如钻石般装饰着草皮上低矮的土丘，
这是属于清晨的泪水，
却不是为你而哭泣。

可怜的老家伙！这样的诗大概是专门写给青少年的。对那些被关在公立学校里的男孩来说，这种老掉牙的性悲观主义（故事中的女孩总是死去或嫁给他人）似乎是一种智慧，毕竟他们总认为女人对自己是遥不可及的。我甚至怀疑，豪斯曼本人对女孩子也没什么吸引力。他的诗中从未有过女性的视角，女人总以仙女、海妖、半人半妖的形态出现，先勾引你迈出脚步，再让你重重地摔倒在地。

不过，豪斯曼之所以能够如此深入地吸引20世纪20年代的年轻人，是因为他的作品中还拥有一种张力，那就是他蔑视神灵、离经叛道、冷漠厌世的语言。不同年代的人之间总有持续不断的冲突，这种冲突在一战结束前变得格外激烈。究其原因，部分是由战争本身引发的，部分是俄国革命带来的，但归根结底，思想斗争是那个时代必然出现的局面。或许是由于英国人的生活太过平静安逸，几乎没有被战争波及，因此很多人在19世纪80年代所形成的固有思想一直延续到了20世纪20年代也未改变。而在此期间，年轻一代的正统信仰却像沙子堆成的塔一样转瞬间倒塌毁灭。比方说宗教信仰的减弱就前所未见。几年来，老一代和年轻一代之间的冲突逐渐形成了真正的仇恨。在战争中幸存下来的年轻一代拼命爬出大屠杀的人坑，却发现老一辈人仍喊着1914年的口号，更年轻的一代则在思想肮脏的独身主义校长的压迫下挣扎求生。这些读者被豪斯曼作品中的性叛逆元素和对神灵的蔑视所吸引。豪斯曼是一个爱国者没错，但他的爱国精神并不激进，更像是穿着红袍大喊“天佑女王”，而不是头戴钢盔怒吼“绞杀德皇”。而他反基督教的风格也深受认同——他代表的是深陷痛苦、具有反抗精神的异教徒，坚信生命苦短、神明是人类的敌人。而他精巧迷人的诗句几乎是由单音节词组成。

从我上面的观点来看，豪斯曼看上去仅仅是一个宣传者，只是一个四处引用格言警句的传播者。他当然不仅于此。就算几年前他受到了过高的赞扬，也不是现在去贬低他的理由。尽管现在有人因为这么说而惹上麻烦，但他的部分诗作（比如《遥远故乡的风》和《马队是否在耕耘？》）在很长一段时间内都将留有余韵。归根结底，真正决定一位作家是否受人喜爱的还是作家本人的倾向，也就是他想传达的“主旨”，他想带给读者的“信息”。这一观点的论据在于：在一本与你内心信仰严重相悖的书中是很难找到任何文学价值的。没有任何一本书的立场是真正中立的。诗歌也好，散文也好，你总能读出某种倾向，哪怕这种倾向只是为了决定形式和意象。毫无疑问，像豪斯曼这种拥趸无数的诗人一定有许多精辟的名句。

战争结束后，豪斯曼和其他自然诗人身后出现了一批倾向性有着本质区别的作家，比如乔伊斯、艾略特、庞德、劳伦斯、温德姆·刘易斯、阿道司·赫胥黎、利顿·斯特雷奇等。20世纪20年代中后期，这些作家掀起了一场“文学运动”，正如前几年奥登和斯宾德所代表的作家群体同样领导了一场“文学运动”。当然，这个类别并不包括那个时期所有的杰出作家。比如E.M.福斯特，虽然他个人的最好作品创作于1923年左右，但本质来说，他还是属于战前时期。同时，不管处于哪个创作阶段，叶芝的创作风格都不属于20世纪20年代。有不少作家虽然仍在世，比如穆尔、康拉德、贝内特、威尔斯、诺曼·道格拉斯等，但他们早在战争开始前就已封笔。另外，有那么一位作家也应被算进这类作家里，他就是萨默塞特·毛姆，不过以狭义的文学视角来看，他还是有些“不合群”。当然，我们不能用作品出版的年代来进行归类，很多作家在战争开始前就已经出过书，但仍可以把他们归到战后作家这一类，正如现在写作的年轻一代可以算作大萧条之后的一类作家。同样，你当然也可能通读了那个时期的大部分作品，但仍没发现这些作家掀起了“文学运动”。因为当时的文学新闻大亨们都在忙着造势，宣称那个时代仍未走到尾声。在那个时候，《伦敦水星报》是乡绅的提线木偶，吉布斯和沃尔波尔主宰了租书摊，人们只顾追求愉悦、崇拜男子气概，只顾饮酒作乐、打板球，烟斗从不离口，崇尚一夫一妻制，随手写一篇文章抵制贵族，几块几尼就轻松到手。然而尽管如此，这些被抵制的贵族却仍牢牢把握着年轻一代。这阵风从欧洲刮来，早在1930年之前就将酗酒打板球的风气吹得烟消云散，只剩下孤零零的骑士头衔。

不过，人们对于我刚才提到的这类作家的第一感觉就是他们并不是同一个集体，甚至其中有几位作家非常排斥自己被与其他作家归为一类。比如劳伦斯和艾略特就互相看不顺眼，赫胥黎十分崇拜劳伦斯，却被乔伊斯看不起。其他作家大都鄙视赫胥黎、斯特雷奇和毛姆，而刘易斯则把所有作家轮流抨击了个遍。说实话，刘易斯自己的名声大半是靠写这些抨击文章得来的。虽然这些作家十多年前不尽相似，不过如今看来，这些作家中在气质上的确有共通之处，那就是他们都持未来悲观主义。这时候，我们就有必要讲讲究竟什么是悲观主义。

如果说乔治王朝时期诗歌的基调是“自然之美”，那么一战过后诗歌的基调则是“人生的悲剧感”。譬如豪斯曼的诗，其蕴含的精神就没有悲剧感，只不过是发发牢骚，反对享乐主义而已。哈迪的作品也是如此，不过《王朝》得排除在外。但乔伊斯和艾略特所代表的作家集团出现的时期较晚，他们的最大敌人已非清教主义，因为他们一开始就能“看透”前辈们奋斗一生的很多事情。从气质上说，这些作家都反对“进步”的观点，他们不仅认为进步不会发生，而且认为进步本就不该发生。当然，除了这一共同点，上面各位作家的写作手法也各有千秋，或者说他们在文学上的天赋各有高低。艾略特的悲观主义一部分是基督教的悲观主义，这意味着对人类苦难的某种漠视；另一部分是对西方文明堕落的哀叹（“我们是空心人，我们是填充人”，等等），给人一种诸神黄昏的感觉。例如在《斗士斯威尼》中，在他的笔下，现代生活变得比现实更可怕。而斯特雷奇只是持着早期的克制怀疑主义，并有些揭露真相的意味。毛姆则是秉持着不以为苦的顺从态度，就像苏伊士河以东的绅士老爷们一般坚定沉着，像安东尼时期的皇帝一般逆来顺受。劳伦斯第一眼看上去不像一个悲观主义作家，因为他和狄更斯都是“随遇而安”的人，坚持认为只要你换个角度看待生活，你就会发现自己目前的生活还不错。不过他主张掀起一场远离机械化文明的运动，这当然是不可能的。他对于现状的愤怒导致了对过去的过度理想化，他向往的是最具神话气质的时代——青铜器时代。比起如今的人类，劳伦斯更喜欢伊特鲁里亚人（他想象中的伊特鲁里亚人），我们很容易被他的观点所影响，然而最终这个种族走向了失败和灭亡，因为他们并不符合世界前进发展的方向。他总向往着的那种生活，由性、土、火、水、血等纯粹的元素围绕的生活，这已经被证明是没有希望的事情。因此，他在作品中能够表达的只不过是空中楼阁，一种不可能实现的愿望罢了。他曾说：“让我们掀起宽容的巨浪，才能抵抗死亡的惊涛。”然而在地球的这一端，宽容的巨浪是无论如何也掀不起来的，因此他逃到了墨西哥，结果还没看见战争掀起的死亡惊涛，就在四十五岁英年早逝了。这时候，大家可能再一次有了这种感觉，我在提起这些人时，他们不像艺术家，而像散布某些“信息”的宣传者。我也再次声明，所有这些作家显然不止于此。例如，仅仅把《尤利西斯》看作揭露现代生活恐怖的作品，即庞德口中的“肮脏的《每日邮报》时代”，这种看法本就十分荒谬。比起大多数作家，乔伊斯才更符合纯粹艺术家的样子。但仅仅会摆弄文字是全然没有可能写出《尤利西斯》这种作品的，这本书蕴含着独特的人生观，蕴含着失去信仰的天主教徒的人生见解。乔伊斯想表达的是：“瞧吧！没有上帝的生活是这样的！”虽然他在写作技巧方面的创新也很重要，但主要还是服务这个目的。

还有一个关键问题，那就是对于这些作家想要传达的“主旨”，我们还没有给出定论。他们的作品没有集中讨论当前的紧迫时事，更没有涉及狭义上的政治。我们的目光被引向罗马、拜占庭、巴纳斯山、墨西哥、伊特鲁里亚、潜意识、腹腔神经丛，总之就是把真有大事发生的地方排除在外，其他任何地方都提到了。回顾整个20世纪20年代，最奇怪的现象就是英国知识分子集体对欧洲发生的所有大事置若罔闻。例如，俄国革命似乎完全消失在了英国人视野里。在这些年里，提起俄罗斯，人们只会想起托尔斯泰、陀思妥耶夫斯基和开出租车的流亡伯爵；提起意大利，人们只会想起画廊、废墟、教堂和博物馆，却不知道还有黑手党；提起德国，人们只会想起电影和精神分析，直到1931年，希特勒这个名字才为人所知。在“文化”圈子里，为了艺术而艺术的风气渐渐催生了对虚无主义的崇拜。在这些人眼里，文学就是摆弄文字罢了。以书的主题来评判一本书成了罪不可赦的行为，甚至读出书的主旨也成了品位低下的表现。

1928年左右，英国《潘趣》杂志刊登了自一战以来最有趣的三则笑话，其中之一讲的是一个一无所成的年轻人跟他姑姑说自己要当作家。姑姑说：“你想写什么书呢，亲爱的？”年轻人想都没想就答道：“亲爱的姑姑，作家写书还用想？随便写写就行了。”20世纪20年代最出色的作家对这一刻板印象十分反对，他们的“主旨”在大多数情况下相当明显，通常绕不开道德、宗教和文化等话题。在某种程度上，这个群体中所有作家的倾向都相对保守。

我们可以看到，悲观主义和保守主义之间有着明显的联系。没那么明显的则是为什么20世纪20年代的杰出作家们都要持悲观态度，为什么他们的作品中总有颓废不堪的氛围，为什么总要写代表死亡的头骨和仙人掌，为什么要追求已经消失的信仰和没落的文明？难不成是因为这些作家生活写作的年代太过安逸舒适？“宇宙绝望论”只有在这种年代才有可能流传开来。毕竟连饭都吃不饱，就更谈不上对宇宙是否绝望，甚至脑袋里从来不会想到“宇宙”两个字。1910—1930年是一个相对繁荣的时期，如对同盟国的非战斗人员来说，即使是战争年代，物质生活也还能对付。到了20世纪20年代，食利者阶级的知识分子迎来了黄金时代，人们不负责任的程度前所未见。战争结束后，新的极权主义国家尚未出现，各种道德和宗教禁忌消失不见，现金开始流动，“幻灭感”大行其道。只要是每年能挣五百英镑的人，就开始把自己培养成一副孤独厌世的样子。那个年代，男人自大、女人招摇，人人充斥着绝望的情绪，家家户户的后院里都住着郁郁不得志的哈姆雷特，到了半夜才买得起回程的打折车票。在这一时期相对不重要的小说，如《痴人妄语》中，生活的绝望像是土耳其浴般紧紧裹在人的身上，让人不禁自怜。就算是那个时代最杰出的作家，也可能被认为态度过于高高在上，对眼前的实际问题置若罔闻。他们把生活研究了个遍，比前辈和后辈都透彻得多，但他们看待生活的视角却错了。不过，他们的书仍具价值。任何艺术作品需要面对的第一项考验就是是否能够流传下去，而1910—1930年间创作的很多作品都留存了下来，并将继续留存下去。人们只要想到《尤利西斯》，想到《人性的枷锁》，想到劳伦斯早期的大部分作品，尤其他的短篇小说，还有艾略特直到1930年左右的几乎全部诗歌，就会不禁想到如今的作品还能不能如此经久不衰。

然而，情况在1930年至1935年间发生了转变。文学界变天了。以奥登和斯宾德为代表的作家群体登上历史舞台，虽然这批作家的成功多少需要归功于前辈们，但他们的倾向完全不同。转瞬间，我们走出诸神黄昏的阴影，进入了童子军般的氛围，穿着露膝短裤齐声高歌。文学家的典型形象不再是流落在外、信仰宗教的有识之士，而是思想前卫、有着共产主义倾向的学生。如果说20世纪20年代作家的基调是“人生的悲剧感”，那么新一代作家的基调则有着“严肃的宗旨”。

路易·麦克奈斯先生的《现代诗歌》一书十分详细地讨论了两派作家之间的差别。当然，这本书是以年轻作家的视角来写的，理所应当地认为他们更优越。麦克奈斯先生认为：

与叶芝和艾略特不同的是，新诗人在情感上是有党派色彩的。叶芝提出要抛弃欲望和仇恨；艾略特则带着厌倦和讽刺的自怜，横眉冷对观察他人的情绪……而奥登、斯宾德和戴-刘易斯的所有作品都暗示着他们有自己的欲望和仇恨，重要的是，他们认为有些东西本就应该被渴望，而有些东西本就应该被憎恨。

以及：

新一代诗人又引领文学创作回到了……古希腊对信息和陈述的偏好。第一个要求就是你必须有自己想要表达的想法，其次是你必须尽力把观点讲好。

换句话说，“主旨”回归，年轻作家“进入了政治世界”。正如我已经指出的，以艾略特为代表的作家群体并不像麦克奈斯先生所说的那样不带党派色彩。尽管如此，与现在相比，20世纪20年代的文学重点更多放在写作技术上，而非主题上。

这一群体的代表人物有奥登、斯宾德、刘易斯、麦克奈斯，并且还有很多或多或少具有相同偏好的作家，如伊舍伍德、约翰·莱曼、亚瑟·卡尔德·马歇尔、爱德华·厄普沃德、阿莱·布朗、菲利普·亨德森等。正如之前，我也是按照偏好将他们归为一类的。显而易见，作家的水平是参差不齐的。但是，一旦将这些作家与乔伊斯、艾略特这一代进行比较，很轻易就会将他们归为一类。从写作技巧上讲，他们的手法十分相似，政治立场也相差无几，他们对彼此作品的评价也一直很温和。20世纪20年代的杰出作家出身各异，很少有人经历过普通英国教育（顺便说一句，除了劳伦斯，这个群体中最优秀的作家都不是英国人），他们中的大多数人都曾在某个时期生活贫困、不受重视，甚至遭受过极大的迫害。而另一方面，从公学到大学，再到布鲁姆斯伯里，几乎所有的年轻作家都沿循着这个模式。少数出身于无产阶级的作家几乎都是年少成名，先取得奖学金，再经历伦敦“文化”的漂白。重要的是，这组作家中的几位不仅上过公学，后来还成了这些学校的老师。几年前，我称奥登为“没有胆量的吉卜林”。作为批评，这句话多少有些言过其实，只不过是一句带有恶意的评论，而事实上，在奥登的作品中，尤其是他的早期作品中，其实存在着一种振奋人心的氛围——有点像吉卜林的《如果》或纽伯特的《加油、加油、大获全胜！》。诗歌《要离开了，就看你们的了》就是这样的例子。这纯粹就是童子军营里加油打气的话语，和讲述自怨自艾所具危害的演讲差不多。毫无疑问，诗中戏仿的元素是他刻意为之，但更深层次的相似之处则是他无心插柳的结果。当然，这类作家中最常见的那种颇为傲慢的论调，其实是在释放自我。他们把“纯艺术”抛到一边，就此摆脱了被嘲笑的恐惧，并极大地扩张了自己的边界。

> 我们一无是处，
> 我们已经堕落，
> 进入黑暗中必被毁灭。
> 但请三思，在这黑暗中，
> 我们掌握着思想的秘密轮毂，
> 未来将重见天日，成为滚滚车轮。
>
> 《审判官的考验》斯宾德

但与此同时，这样的文学还未能走向大众。即使考虑到时间的滞后性，奥登和斯宾德也不如乔伊斯和艾略特受欢迎，更不用说劳伦斯了。和以前一样，有很多当代作家都游离于潮流之外，但对于潮流究竟是什么却不管不问。在20世纪30年代中后期，奥登、斯宾德及其同类作家就像在进行一场“运动”，这与乔伊斯、艾略特等人在20年代所做的差不多。

1935—1939年是属于反法西斯主义和人民阵线的时期，是左翼读书俱乐部的鼎盛时期，当时左翼公爵夫人和“心胸开阔”的院长们巡视着西班牙战场，温斯顿·丘吉尔还是《工人日报》的宠儿。我的重点在于，在这个人人反法西斯的时期，英国年轻一代的作家都受到影响，开始倾向共产主义。

法西斯主义和民主主义之间的冲突对峙本就惹人注目，但在当时，已经到了二者应该转化发展的时候。很明显，实行自由放任政策的资本主义已经走到尽头，需要进行重建。生活在1935年的世界里，要保持完全对政治漠不关心是不太可能的。但年轻人为什么会被俄国共产主义这样陌生的东西所吸引呢？其实这个现象的原因在经济大萧条和希特勒上台之前就已经出现：中产阶级的失业。

失业的问题不仅指的是没有工作。因为就算再困难的时期，人们多多少少还是能找到活儿干的。问题在于，到1930年左右，除了科学研究、艺术和左翼政治，便没有其他任何活动值得有识之士信仰了。对西方文明的批判达到了顶峰，“幻想破灭”的风气迅速蔓延。不论是士兵、牧师、股票经理人、印度的公职人员，还是任何人，谁能心安理得地当一辈子普通中产阶级？还有多少我们的祖辈所信奉的价值观没有被认真对待？爱国主义、宗教、帝国、家庭、婚姻的神圣性、校友情谊、出身、教养、荣誉、纪律——但凡受过教育的人，三分钟之内就能把这些东西讲透彻。但是，抛弃了爱国主义和宗教等原始信仰，又能取得什么成果呢？我们不一定需要为了信仰而去放弃基本需求。几年前，包括几位天才作家（伊夫林·沃、克里斯托弗·霍利斯等）在内的许多年轻知识分子逃进天主教会时，曾出现过一段虚妄的黎明。而有一个现象值得注意，那就是这些作家几乎全部投入了罗马天主教会的怀抱，而非东正教、希腊教会或新教教派。也就是说，他们所投奔的是一个世界性的组织、一个纪律严明的组织、一个背后有权力和威望的组织。同样值得我们去思考的一件事就是当代唯一一位真正的天才皈依者艾略特并没有信奉罗马主义，而是信奉盎格鲁天主教。不过我认为，对于20世纪30年代的年轻作家们对共产党趋之若鹜的背后原因，我们的分析就到此为止。共产主义无非就是供人信仰的事物而已。那个时代是教会、军队、正统观念和纪律的时代，有的人信仰祖国，有的人信仰“元首”。知识分子似乎已经摒弃的所有忠诚和迷信，简单伪装一番就再次回到“战场”。

1935—1939年间，英国知识分子好战情绪高涨，很大程度上是由于人身豁免权的存在。在法国，情况则完全不同。法国人很难逃避兵役，甚至连从事文学工作的人都知道一包军用物资有多重。

在西里尔·康诺利先生的新书《承诺的敌人》

结尾有一段引人深思的有趣文字。这本书的前半部分差不多是对当代文学的评价。康诺利先生完全是“文学运动”那一代作家的一员，他的价值观也基本符合那一代作家的价值观。有趣的是，在散文作家中，他崇拜的主要是那些专门研究如何描写暴力的人，也就是未来会出现的美国硬汉学派，比如海明威等。但这本书的后半部分是自传体，还原而又精彩地描写了他在1910—1920年在一所预备学校和伊顿公学的生活。最后，康诺利说：

如果要根据我离开伊顿公学时的情感推断出一种理论，那大概可以称之为“青春永驻理论”。理论认为，男孩们在公学中的经历太过难忘，因此将会主宰他们以后的生活，阻碍他们的发展。

当你读到这段文字的第二句话时，八成会本能地认为其中一定有印刷错误，可能漏了一个“不”字之类的。但其实一个字也没漏掉，他想表达的就是这个意思！更重要的是，他只是以一种颠倒的方式说了实话而已。“文明”的中产阶级生活过于安逸，导致在公学的日子——在人人都是势利眼的环境中浸淫五年——成了改变一个人性格的重要时期。对20世纪30年代所有重要作家来说，除了康诺利在

《承诺的敌人》中所描写的，他们还能有什么别的经历呢？

到1937年，整个知识界都处于思想战争状态。左翼思想已经集中为“反法西斯主义”，媒体上掀起了一股针对德国以及亲德国政客的仇恨文学狂潮。总体而言，奥登和斯宾德对西班牙战争的描写没有达到人们对他们的期望。从那以后，人们的情绪发生了变化，许多人感到沮丧、困惑，因为实际的事态发展让过去几年的左翼正统学说变得毫无意义。不过在那个时候，你不需要拥有敏锐的视角，也能看出这些学说本就是胡说八道。因此，谁也说不准后来出现的正统学说会不会比之前的更好。

总的来说，20世纪30年代的文学史似乎证明了一种观点，即作家最好远离政治。在大众看来，文学讲究独立自主，要求精神上的坦诚。对诗歌如此，对散文更甚。20世纪30年代最好的创作者都是诗人，也许这并不是巧合。讲求正统的氛围对散文创作来说百害无利，更重要的是，这种氛围完全破坏了各种文学形式中最不能受束缚的小说创作。小说是自由思想的产物，是自主个体的产物。在过去的一百五十年里，没有哪个年代像20世纪30年代那样，缺乏有想象力的散文。这十年里出现过优秀的诗歌、优秀的社会学著作、精彩的宣传册，但几乎没有任何有价值的小说。从1933年起，人们心理环境的改变对小说创作越发不利。“只有毫不畏惧的人才能写出好的小说。”这时候，话题又回到了亨利·米勒身上。

（三）

假如当时有机会出现新的文学流派的话，也许亨利·米勒就是新流派的起点。至少他的作品的确标志着潮流的逆转。读他的书时，读者完全可以跳脱出“政治动物”的身份，回到一种不仅完全属于个人，而且是被动自发产生的观点——读者认为世界如何发展并不由自己掌控，而且不论在任何情况下，也不会希望去掌控它。

我第一次见到米勒是在1936年底，当时我正前往西班牙，途中路过巴黎。最让我好奇的一点是，他似乎对西班牙战争没有半点兴趣。他只是直白地告诉我，在那个时候选择去西班牙是愚蠢的行为。如果说某人想要去西班牙是因为纯粹自私的动机，比如说好奇，那么他可以理解，但如果是出于某种责任感而把自己牵扯进去，那就是彻头彻尾的傻瓜。他说，我们的文明注定会被历史巨浪席卷而去，取而代之的是与我们完全不同的东西，甚至不应被称为人类，但这一前景似乎并没有多么困扰他。这样的见解在他的作品中随处可见。读他的作品时，我们总有种人类即将毁灭的感觉，但他又处处透露出这其实不是什么大事的感觉。据我所知，他发表过的唯一一份政治声明是完全负面的。大约一年前，一本美国杂志《马克思主义季刊》向美国作家发出了一份问卷，要求他们明确自己对战争问题的态度。米勒的态度是极端和平主义，并且他个人拒绝参加任何战争，但也不强求别人接受他的观点，这实际上算是一种免责声明。

但想要免责，方式不仅这一种。通常情况下，如果作家不认同当下的历史进程，要么不予理会，要么奋起斗争。如果真的对历史进程不予理会，那么八成是个傻子；如果能够深刻理解历史进程，并且愿意与之抗争，那么便会拥有足够的远见意识到自己是无法获胜的。比如诗歌《吉卜赛学者》中，对“现代生活中的奇怪疾病”进行了抨击，最后一节中还大肆驳斥了失败主义。它表达了一种正常的文学态度，也许这也是过去一百年中的主流态度。另外，还存在着一批“进步主义者”，一批“诺诺之人”，诸如萧伯纳和威尔斯之流，他们总是迫不及待地拥抱自以为的“未来”，但实际上不过是自我投射而已。总的来说，20世纪20年代的作家比起30年代的作家要高出一截。当然，在任何特定时期，都免不了出现巴里、狄平和戴尔这类根本没有意识到时代变迁的人。从表现形式上说，米勒作品的重要性在于他回避了所有这些态度。他既不试图推动世界进程的发展，也不逆转历史车轮，另外，他又不会忽视时代的必然变迁。我应该说，他比大多数“革命”作家更坚信西方文明即将毁灭，只是他觉得没有必要对此采取任何行动。当罗马城被战火点燃时，他只是安静地摆弄着自己的事，而与绝大多数这样做的人不同的是，他坦然面对着战火烧来的方向。

《麦克斯与白细胞》中有一段很有启发性的文字，作者在谈论其他人的同时，表达出很多自己的思想。书中有一篇长文写的是阿奈丝·宁的日记，这本日记我只读过零星的片段，相信它从未出版过。米勒说，这是迄今为止唯一一部真正的女性视角作品，但这意味着什么还未可知。其中有一段十分有趣，作者将阿奈丝·宁——毫无疑问是一位完全独立、内向的作家——与鲸腹中的约拿做了比较。他同时提到了阿道司·赫胥黎前几年评论埃尔·格列柯画作《腓力二世之梦》的文章。赫胥黎说，埃尔·格列柯画中的人看起来总是像在鲸鱼的肚子里，并评论说被关在“内脏监狱”里这个场景，让人想想就不寒而栗。米勒反驳说，恰恰相反，比被鲸鱼吞进肚里更可怕的事情多了去了，这篇文章让他发现自己反而觉得这个场景很有意思。在这里，他谈到的可能是一个人们耳熟能详的幻想故事。也许值得一提的是，每个人——至少是每个说英语的人——都听过约拿和鲸鱼的故事。当然，根据《圣经》的描写，真正把约拿吞进肚里的其实只是一条鱼，但孩子们总是无可避免地把它和鲸鱼混淆起来，于是人们一直带着儿时的误解到日后的生活中，这也标志着约拿神话在我们的想象中代表着什么。它象征着处在鲸腹中，是一种舒适、安逸，像在家中一样的感觉。历史上的约拿（如果能这么称呼他的话）很高兴自己能逃出鲸腹，但在无数人的想象中、白日梦中，他却广受羡慕，背后的原因十分明显——鲸鱼的肚子就像能够容纳一个成人的子宫。你可以待在那个能将你完美包裹的黑暗柔软空间中，与可怕的现实世界之间隔着数码厚的脂肪，无论外面发生什么，你都可以保持完全漠不关心的态度，一场会击沉世界上所有战舰的风暴也不会让你听到一点回声。即使是鲸鱼自己的动作，你也可能觉察不到。它可能在浪涛中翻滚，也可能潜到一片漆黑的大海深处（根据赫尔曼·梅尔维尔的说法，也许深达一英里），腹中的人也不会感觉到任何不同。除了死亡，这是无法超越的最终逃避责任阶段。而无论阿奈丝·宁身处何地，米勒自己是毫无疑问在鲸腹中了。他作品中所有最精彩、最具特色的段落都是从约拿的角度写的，而且是一个心甘情愿进入鲸腹的约拿。这倒不是说他太过内向，恰恰相反，他所在的鲸腹是完全透明的，只是他没有冲动去改变或控制他正在经历的过程。他完成了约拿最根本的行为，允许自己被吞咽，保持被动、接受的态度。

这种态度的意义很明显。它是一种静默主义，意味着要么完全不相信，要么太过相信，几近神秘主义。两种态度分别是“关我什么事”或者“就算上帝要杀了我，我也无条件信仰上帝”。但从实际来看，其实两种态度都是相同的，都意味着“不动如山”。但在我们这样的时代，这种态度合理吗？这个问题是无论如何也避免不了的。就在我眼下写作的这个时期，人们还理所当然地认为书籍总应该是积极、严肃、“有建设性”的。换作十几年前，人们只会对这个观点嗤之以鼻。（“亲爱的姑姑，作家写书还用想？随便写写就行了。”）然后历史的钟摆离开了艺术仅关乎技巧的肤浅概念，摆动了长长的一段距离后，才到达另一端，也就是一本书只有建立在真实生活的视角上，才能算是一本“好书”。相信这一点的人自然也相信自己掌握了真相。

从过去流传至今的许多文学作品都渗透着各种信仰，事实上，它们都是建立在这些信仰（例如，对灵魂不朽的信仰）之上的，而现在看来，这些信仰是虚假的，在某些情况下甚至是愚蠢可耻的。而如果是“好”的文学作品，应该能经受住任何考验。厄普沃德先生肯定会回答说，一个信仰在几世纪前合理，不代表在现在也合理。但这个说法没什么说服力，因为它首先假设了在任何时代人们都有着接近时代真相的信仰，当时的优秀文学作品或多或少会与之产生共鸣。但实际上，这种一致性从未存在过。例如，17世纪的英国发生了宗教和政治上的分裂，类似今天的左右派对立。回顾过去，大多数现代人会觉得资产阶级清教徒的观点比天主教封建观点更接近真理。但有一点非常肯定，那就是不一定所有甚至大多数当时的优秀作家都是清教徒。除此之外，还有一些“好”作家，他们的世界观在任何时代都会被认为是错误和愚蠢的。比如埃德加·爱伦·坡，往好的方面说，他的观点充其量是一种狂野的浪漫主义；往差的方面说，从字面上诊断，他的观点几近疯狂。那么，为什么像《黑猫》《泄密的心》《厄舍古屋的倒塌》这些几乎算是由疯子写成的书，却没有给人以虚假的感觉呢？因为在一定框架内，这些故事就是真实的，像日本绘画一样，保持着自己独特的世界规则。但是，要成功地描写这样一个世界，你必须相信它的存在。比如朱利安·格林的《子夜》不真诚地试图营造出类似的氛围，将它与爱伦·坡的故事一比较，一眼就能看出它们的不同之处。《子夜》给人的第一感觉就是，其中的事件都发生得莫名其妙，一切都显得太过随心所欲，没有情感铺垫。但在读爱伦·坡的故事时就不会有这种感觉。虽然故事中的逻辑也十分疯狂，但在其背景设置下，也有很强的说服力。比如其中有一段写道，醉汉抓住黑猫并用小刀剜出它的眼睛，人们清楚地知道他为什么这样做，甚至认为自己设身处地也会这么做。由此可见，对一个有创造力的作家来说，拥有“真理”似乎不如情感上的真诚重要。一位作家还需要天赋。但显然，天赋事关你能否去关心、能否去诚心地信仰，无论你的信仰是真是假。比如塞利纳和伊夫林·沃，两人之间的区别在于情绪强度的不同，也就是真正的绝望和至少部分是假装绝望的区别。由此引出了另一个不那么明显的思考：有时，人们对于“不真实”事物的信仰比对“真实”事物的信仰更加虔诚。

如果你阅读人们关于1914—1918年那场战争的回忆录，便会发现经过时间洗礼后仍有可读性的书都是从被动、消极的角度写的。这些书不过记录了一些完全没有意义的事情，记录了一场虚空中的噩梦。它实际上与战争的真相并无联系，而是关乎人类个体对战争的反应。一名士兵或挺进机关枪组成的弹幕，或站在齐腰深的水沟里，他只知道这将是一次可怕的经历，自己却根本无能为力。也许他可以在绝望和无知之下写出一本好书，但不会突然获得假想的力量来透彻地分析战争。而写于战争期间的好书都出自那些背过身逃避战争事实的人。E.M.福斯特先生曾写过自己在1917年的时候，阅读普鲁弗洛克和其他艾略特早年写的诗歌，并表达了虽然这些书“和振奋大众无关”，但在那个时候他也深受鼓舞。他说：

诗中写的是个人私底下的厌恶和畏缩，体现出的人物非常真实，因为他们既低微又软弱……这是无力的抗议，但也正因为无力，它才更贴合读者……他本可以选择去找女士抱怨，在客厅里抱怨，他却选择保留我们所剩无几的尊严，选择将人类的遗产薪火相传。

这段话说得很好。麦克奈斯先生在我之前提到的那本书中引用了这段话，并自我陶醉般地补充道：

再过十年，诗人提出的抗议将不再如此无力，人类遗传的传承方式也将完全不同……对分崩离析世界的思考变得乏味，艾略特的后辈所关心的是如何将世界重新变得井然有序。

类似的评述在麦克奈斯先生的书中随处皆是。他希望我们去相信，比起艾略特在盟军进攻兴登堡防线时发表《普鲁弗洛克》的做法，他的“后辈们”（指麦克奈斯先生和他的同僚）能够在某种程度上提出更有效的“抗议”。但他们在什么地方“抗议”就不得而知了。不过，福斯特先生和麦克奈斯先生两人的言论差异正好体现了熟悉一战的人和几乎没有经历过一战的人之间的区别。实际上，在1917年，一个有思想、有情感的人除了尽可能保持自己的人性，对其他事便无能为力了。而保持自己人性最好的办法就是摆出无助甚至可笑愚蠢的姿态。如果我是参加一战的士兵，那么比起《前十万人》和霍雷肖·巴托利的《给战壕里男孩的信》，我更愿意读《普鲁弗洛克》。我应该会和福斯特先生有同样的感受，认为艾略特只是冷眼旁观，继续保持着战争发生前的情绪，就是在传承人类的遗产。在那样的时期，从书里读到那些秃顶的中年贵族也会彷徨，该是多么宽慰啊！这可跟刺刀训练太不一样了！在经历了炸弹轰炸、为食物排长队、看征兵海报后，居然还能听到来自人类的声音，真是一种解脱！

但是，在那个危机不断的年代，1914—1918年的战争不过只是其中的一段高潮而已。到了如今，甚至不需要战争，人们也早已意识到社会已经四分五裂，善良正派的人们越来越无助。正因如此，在我看来，亨利·米勒作品中暗藏的消极、不合作的态度才十分合理。无论这种情感是不是人们应有的感受，但至少它更能表达人们真正的感受。这又是一个响彻炸弹轰鸣之间的人类之声，一个来自美国的友好之声，且“与振奋大众无关”。它没有说教的意味，只是表达自己主观的想法。沿着这样的思路，写出一部优秀小说显然也不是不可能的。这种小说不一定可以带给人多少启发，但一定值得一读，且读完久久难以忘怀。

在我写这篇文章的时候，又一场欧洲战争爆发了。这场战争要么持续多年，将西方文明绞个粉碎，要么虎头蛇尾地结束，留给之后的一场大战来彻底完成这个任务。但战争不过是“过分强调和平”的结果。无论战争发生与否，很明显，自由放任资本主义和自由基督教文化都正在土崩瓦解。目前人们还看不清这一点会产生什么影响，因为人们普遍认为，社会主义的存在可以保持甚至扩大自由主义的氛围。现在有的人已经逐渐意识到这个想法有多荒谬。几乎可以确定的是，我们正在步入一个极权独裁的时代——在这个时代伊始，思想自由是一种致命的罪恶，到后来会成为毫无意义的抽象概念，有自主思想的个体将被毁灭。这意味着文学——至少是我们认知里的文学——必将暂时死去。自由主义文学即将终结，极权主义文学尚未出现，也想象不出它会是什么样子。至于这种文学的作家，正坐在一座融化的冰山上，他只不过是时代使然的错误产物，是资产阶级时代的遗留物，注定要灭亡。在我看来，米勒绝非常人，因为他远远早于同代人看到了这一现实，并诉诸笔端。要知道，当时他的大多数同代人还在喋喋不休文学将要复兴。温德姆·刘易斯多年前曾说过，英语语言的主要历史已经结束，但他说这话背后的原因多样且琐碎。从现在开始，对有创造力的作家来说，有一个无法忽视的事实就是这个世界不再是作家能够翻云覆雨的世界了。倒不是说作家不能帮助建立新社会，只不过不能以作家的身份去参与这个过程罢了。因为作家要有自由主义的思想，但现在自由主义正逐步走向毁灭。在言论自由苟延残喘的剩余岁月中，也许任何具有可读价值的小说都要或多或少遵循米勒所遵循的原则——我指的不是写作技巧或主题，而是作品中隐含的观点。消极的态度终将再次出现在作家的作品中，而且作家也会比以前更有意识地去做到这一点。不管是进步，还是反动，最终都只是一场骗局。似乎只剩无为主义存在——只要向现实的恐怖屈服，恐怖就不复存在。

进入鲸腹中吧，或者说，承认你在鲸腹中（因为你已经在了）。把自己的命运与世界进程捆绑在一起，不要再对抗它，也不要再假装你能掌控它。只要去接受它、忍受它、记录它。也许现在头脑清醒的小说家们都把自己代入了这个模式中。在目前很难想象有人能写一部更积极、更具建设性，而没有在情感上弄虚作假的小说。

但我的意思是说米勒是一位“杰出的作家”，是英语散文的新希望吗？完全不是。米勒自己甚至最不想要这种头衔或声明。毫无疑问，他会继续写下去——人一旦开始写作，就很难停下了，与他相关联的还有一些倾向大致相同的作家，比如劳伦斯·杜雷尔、迈克尔·弗伦克尔等人，他们几乎自成一派了。但在我看来，米勒基本上属于只有一本惊艳作品的人。我估计他早晚会陷入晦涩不清或招摇撞骗的境地，因为他后来的作品里已经出现这两种迹象了。对于他最新的书《南回归线》我甚至只字未读，倒不是我不想读，而是因为警察和海关当局对此书封锁严密，我一直没能入手。但如果这本书的水平真能赶得上《北回归线》或者《黑色的春天》开头几章，那就出乎我的意料了。和其他一些自传体小说家一样，他的确有能力完美地完成一部作品，他也确实做到了。而且考虑到他所处的20世纪30年代的背景，这个成就已经十分了不起了。

米勒的书由巴黎方尖碑出版社出版。现在战火已经蔓延开来，出版商杰克·卡萨内已经去世，将来方尖碑出版社何去何从我并不了解，但无论如何，米勒的书还是买得到的。我诚恳地建议大家读一读《北回归线》这部作品。只要稍稍费点力气，或是比公开售价多花一点点钱，你总能买到它，就算书里有的部分让你厌恶，但它一定能让你难忘。这部作品还非常“重要”，不过这里并不是通常意义上的“重要”。照理说，当一部小说对某事做出了“猛烈控诉”的时候，或是带来了某种写作技巧上的创新时，才会被称作“重要”。但《北回归线》中二者都没有。它之所以重要，在于它的象征意义。在我看来，米勒是这些年来在讲英语的种族中出现过的唯一一位有价值、富有想象力的散文作家。也许有人觉得这话说得名不副实，但大家八成会认可他是一位难得一见的作家，他的作品值得一看。毕竟他写的作品完全消极、没有建设性且与道德无关，他是一个纯粹的约拿、一个被动接受邪恶的人、一个白骨堆中的惠特曼。从象征意义来说，英国每年要出版近五千本小说，其中四千九百本都是废话，这就显得米勒的作品更加重要。这也说明在世界完全改头换面之前，不可能再有任何重要的文学作品出现了。

1940年

李尔王、托尔斯泰和小丑

在托尔斯泰的作品中，他的宣传小册子是最受低估的，尤其他批评莎士比亚的那篇作品[①]市面上都是罕见的，至少英译版是这样。所以，在开始对这篇文章的讨论之前，我最好还是先大致介绍一下。

文章刚开始，托尔斯泰就说他这辈子都对莎士比亚的作品有一种“无法抗拒的抵触和厌恶”。

① 指《莎士比亚和戏剧》，写于1903年，是为欧内斯特·克罗斯比的另一本小册子《莎士比亚与工人阶级》所作的导言。

他也意识到整个文明世界的意见与他相悖，于是他一次又一次地批评莎士比亚的作品，把莎士比亚作品的俄译版、英译版和德译版读了一遍又一遍，但“我的感受始终如一：抵触、厌恶和疑惑”。如今已七十五岁的托尔斯泰再读莎士比亚包括历史剧在内的全部作品，他说道：

我仍有着同样的感受，甚至更加强烈——但这回我不再疑惑，而是十分坚定，莎士比亚身上那种无可置疑的伟大天才光环，使得当代作家争相效仿他，读者、观众在他身上看到了本不存在的闪光点——从而导致他们的审美水平和道德观念受到了扭曲——这是道德的败坏，没有一点真实性可言。

托尔斯泰补充道，莎士比亚连“平庸作家”都算不上，更别提创作天才了，而为了证明这一观点，他要引用哈兹里特[1]、布兰代斯[2]的话，证明代表莎士比亚最高创作水平作品之一的《李尔王》不过是名不副实。

---

① 哈兹里特（William Hazlitt，1778—1830）：英国散文家、评论家、画家。

② 布兰代斯（Georg Brandes，1842—1927）：丹麦文学评论家。

于是托尔斯泰对《李尔王》的剧情进行了阐述、解释，说明它的每一节剧情都是愚昧、多余、不自然、晦涩、空洞、粗俗、乏味的，全都是令人难以信服的事件，到处是“胡言乱语”“无趣的笑话”、过时的思想、无关紧要的废话、脏话、俗套的舞台规矩，还有很多其他道德和审美上的缺陷。总之，《李尔王》抄袭了以前早就出现的一部好得多的剧本《莱尔王》，它是由一位不知名作家创作的，但是被莎士比亚剽窃并且糟蹋了。我将引用一段例文来说明托尔斯泰是如何进行批判的。第三幕第二场（李尔王、肯特和小丑在风暴中相遇）情节大致如下：

李尔在荒原上游荡，嘴里说着绝望的话；他希望狂风能吹得再猛烈些，吹裂他的脸颊，落下倾盆大雨，淹没世间万物，闪电把他白发的头颅烧成焦炭，巨雷将世界夷为平地，将一切“让人变得不知感恩”的事物毁灭殆尽！小丑也不停地说着些没意义的废话。此时肯特登场：李尔说，所有罪恶都将在暴风雨中现出原形并被审判定罪，还没有被李尔认出来的肯特则竭力劝说他去破屋里躲躲雨。正在这时，小丑说了一个与当前局势毫不相关的预言，然后三人离场。

托尔斯泰对《李尔王》盖棺定论：只要是头脑清醒的评论员——前提是这样的评论员确实存在，那么读完《李尔王》后，除了“厌恶和腻烦”，是不可能有任何其他感受的。同样的结论也适用于“所有其他被歌颂的莎士比亚戏剧，更别提诸如《伯利克里》《第十二夜》《暴风雨》《辛柏林》《特洛伊罗斯与克瑞西达》这些不知所云的戏剧故事了”。

在批评完《李尔王》后，托尔斯泰又对莎士比亚进行了比较笼统的批判。托尔斯泰认为莎士比亚确实有一定的写作技巧，这一定程度上归因于他曾经当过演员，但除此之外，他就一无是处了。他没有塑造人物和遣词造句的能力，要知道，人物的行为都是由于身处的情境自然而然产生的，但他的语言总是矫揉造作且荒谬无比，不断把自己随意产生的想法强塞进笔下任何角色嘴里，他展现出的是“审美能力的全面缺失”，他的文笔“与艺术和诗歌没有半点关系”。

托尔斯泰总结道：“不管你觉得莎士比亚是什么人，反正他绝对不是艺术家。”并且，莎士比亚的观点既不新颖，也不有趣，他的创作倾向也是“最低级、最不道德的”。有意思的是，托尔斯泰的结论并非基于莎士比亚本身的言论，而是基于两位评论家戈尔韦努斯[1]和布兰代斯的话。据戈尔韦努斯所说（至少托尔斯泰对戈尔韦努斯的言论是如此理解的）："莎士比亚笔下的人……有些过于美好了。"而布兰代斯的说法是："莎士比亚的基本原则是……只要最终的目的是正当的，那达成目的的手段是否肮脏可以不计。"托尔斯泰补充了自己的意见，莎士比亚是那种高调好斗的爱国者，而且是最糟糕的，但除此之外，他认为戈尔韦努斯和布兰代斯对于莎士比亚人生观的评价都非常精准且充分。

然后，托尔斯泰又用几段文字重述了他曾在其他地方用更大篇幅表达过的艺术理论。这里再做个更加简短的总结，那就是托尔斯泰认为艺术创作需要保持主题有风骨、写作有诚意，以及技巧要高超。伟大的艺术作品，其主题必须"对人类生活很重要"，必须表达出作者内心的真实感受，必须使用能够产生预计效果的技术方法。而莎士比亚由于其观点低俗，写作敷衍了事，并且毫无真诚性可言，因此他必须被谴责。

但此处我们必须提出一个难以回答的问题：如果莎士比亚真的如托尔斯泰口中那样，那么他怎

① 戈尔韦努斯（Georg Gervinus，1805—1871）：德国历史学家、文学史家。

么会得到如此普遍的赞赏？很明显，答案只能是某种大规模的群体催眠，或者说“病毒般蔓延的心理暗示”。不知何故，整个文明世界都被蒙蔽了，认为莎士比亚是位好作家，因此即使是最直白的反面观点都不会掀起任何波澜，因为人们的观点已非理性，早已趋近宗教信仰了。托尔斯泰说，纵观历史，这种“病毒般蔓延的心理暗示”层出不穷，比如寻找点金石、一度席卷荷兰的郁金香种植热潮，等等。他还特地摆出了“德雷福斯事件”作为当代的例子，认为全世界对此事群情激昂其实毫无来由。除此之外，还有的人会突然对新的政治或哲学理论，或某个作家、艺术家、科学家产生短暂的狂热痴迷，比如达尔文，在1903年“开始淡出人们视野”。在某些情况下，一些毫无价值但很受欢迎的偶像可能过了几百年仍受青睐，因为“这种狂热在出现之初就意外地与当时的社会尤其文学界的价值观相符，因此可以流传很久”。莎士比亚的剧作之所以能够得到人们的长期欣赏，就是因为“它们符合他那个时代和我们这个时代上层阶级漠视宗教和道德败坏的心态”。

至于莎士比亚是如何声名鹊起的，托尔斯泰解释道，是被18世纪末的德国教授们“带动”起来的。他的名声“兴起于德国，再流传到英国”。德国人之所以选择吹捧莎士比亚，是因为当时德国没有拿得出手的戏剧，而法国古典文学已开始显得无聊且虚伪，因此德国人被莎士比亚“巧妙的情景发展”所吸引，也发现莎士比亚能够很好地表达自己的人生态度。歌德称莎士比亚是伟大的诗人，其他评论家纷纷鹦鹉学舌，从那以后，这种普遍的狂热就持续到了现在。其结果就是戏剧发展进一步受创（托尔斯泰在谴责当代戏剧时，出于谨慎，便将自己的作品包括在内）——以及主流价值观的再度腐败。由此可见，“对莎士比亚的虚假吹捧”是一件罪大恶极的事情，托尔斯泰认为自己有责任做出反抗。

这就是托尔斯泰这篇宣传文章的大致内容。读完之后，人们的第一感觉往往是他居然说莎士比亚是个糟糕的作家，这肯定是胡说八道。但其实并非如此。事实上，没有任何证据或者论据可以证明莎士比亚或任何其他作家是“优秀”的。同时没有任何方法可以明确证明——举个例子——沃里克·狄平是个“蹩脚”作家。归根结底，除了作品能否历久弥新这个本就概括了大众观点的索引，没有任何标准能够定义文学作品的价值究竟几何。其实托尔斯泰这样的艺术理论毫无价值，不仅因为它从一开始就是武断主观的假设，而且其依据又是模棱两可的词语（比如“真诚”“重要”等），这种词语的含义可以根据笔者的意图进行随意揉捏。你无法以恰当的方式反驳托尔斯泰的批判。但有意思的地方在于：他为什么要如此批判？不过我们应该注意到，他用的不少论据既站不住脚，又不够诚实。我们之所以拿出其中一些论据来讨论，不是因为它们证明了他的观点是错误的，而是因为这些论据代表了他心怀恶意。

首先，尽管他两次声明自己对《李尔王》的分析是“公正”的，但事实并非如此。相反，他反而对这部作品进行了连续不断的曲解。很明显，如果要你对一个从没读过《李尔王》的人去简要概述这部作品，要是你用下面这段话去介绍一段重要的独白（科迪莉亚死在他怀里时李尔王说的话），你的立场就不可能是公正的：“李尔王再次说起疯言疯语，让人感到羞愧不堪，像是个蹩脚的笑话。”在托尔斯泰举的许多例子中，他都对要批判的那段文字进行稍稍改动或渲染，或使得情节变得更加复杂且不合常理，或使语言显得更加夸张。比如，他称李尔王“没有退位的动机或必要性”，尽管第一场戏里就已经明确指出了他退位的原因：他年老体弱，不堪朝政重负。可以看出，即使在我前面引用的那段话里，托尔斯泰也故意曲解了一个短语，并稍稍改变了另一个短语的含义，让本来结合上下文十分合理的一句话变得毫无来由。这样的误读都在细枝末节的地方，但累积起来产生的效应却把剧本的心理不连贯性过度夸大了。同样，托尔斯泰也无法解释为什么莎士比亚的剧作在他死后两百年（也就是所谓的"病毒般蔓延的心理暗示"出现之前）仍被再版印刷，仍被搬到舞台上。而且他讲到莎士比亚成名那一段时，整篇文字都是猜测，夹杂着彻头彻尾的错误陈述。另外，他的很多指控相互矛盾，比如，他先说莎士比亚不过是一个"不真诚"的表演者，但他又说莎士比亚不断地把自己的真实想法从角色口中表现出来。总的来说，你很难觉得托尔斯泰是在真心实意地批评莎士比亚。至少他的论据连他自己都不可能完全相信——也就是整个文明世界已经被一个巨大的谎言蒙蔽了百年甚至更久，而只有他能看破这个谎言。他当然对莎士比亚存有厌恶之心，但究其原因可能与他对外宣称的不同，至少不是完全一样。这就是他的宣传文章有意思的地方了。

到这个时候，你会情不自禁地开始猜测。不过，我们掌握有一条潜藏的线索，至少可以说我们面前摆着一条可以通向那条线索的道路。那就是莎士比亚有三十多部戏剧，为什么托尔斯泰偏偏选择

《李尔王》作为批评对象？诚然，《李尔王》这部作品的确出名，且广受赞扬，是足以代表莎士比亚的最佳作品，但是，从托尔斯泰准备进行恶意解析的动机来看，他八成选的是自己最不喜欢的剧本。他之所以单单对这个剧本心怀敌意，是否可能是因为他有意无意间发现自己的故事和李尔王的故事有些类似？不过，我们最好还是从反方向来推敲这条线索——也就是研究《李尔王》本身，以及这部作品中托尔斯泰没有提到的特质。

英国读者在阅读托尔斯泰的宣传文章时，会觉得有一件事情十分显眼，那就是文章中几乎没有提到莎士比亚的诗人身份。莎士比亚仅被当作剧作家来看待，虽然他的好名声不是假的，但不过是由于舞台给了优秀演员表现的机会，才让他顺便出名而已。至少在英语国家来说，这一说法是不正确的。莎士比亚的追捧者最看重的几部戏剧（比如《雅典的泰门》）几乎很少甚至从未登上舞台，而一些表演性较强的戏剧（比如《仲夏夜之梦》）则最不受追捧。那些最欣赏莎士比亚的人最先看重的就是他对语言的运用，像是在“以文述乐”，甚至连另一位对他怀有敌意的批评家萧伯纳都说是“无法抗拒的”。托尔斯泰完全忽略了这一点，他似乎没有意识到，如果一首诗是用自己的母语写成，那它对母语者来说可能会有十分特殊的意义。然而，即使你站在托尔斯泰的立场，去把莎士比亚想象为一位外国诗人，你还是能明显地看出托尔斯泰故意遗漏了一些东西。诗歌不仅关乎声音和想象，在它的母语语言群体之外也并非毫无价值。否则，为什么有的诗歌甚至用已经灭绝的语言写成的还能够跨越国界呢？显然，像“明天是圣瓦伦丁节”[①]这类词是不可能完全达意翻译的，但在莎士比亚的主要作品中，我们可以从他的文字中分离出一种可以被称为诗歌的东西。作为戏剧，《李尔王》并不是杰作，托尔斯泰这话说得没错。它太过冗长，角色和细枝末节太多。坏女儿有一个就已经足够了，艾德加这个角色也很多余，要是删掉格洛斯特和他的两个儿子，这部戏没准能更上一个档次。然而，某种东西，某种模式，或者说是某种氛围，在冗长乏味之中仍得以保留。你可以把《李尔王》看作木偶戏、哑剧、芭蕾舞剧甚至一连串画片。但作品中蕴含的诗意是作品最精华的部分，是故事固有的特质，既不依赖任何特定词语，也不依赖任何血肉填充的表达。

闭上双眼，回想一下《李尔王》这部作品，尽量不要去想其中的对白。你看到了什么？至少我脑

---

① 出自《哈姆雷特》第四幕第五场。

海中的画面是：一位威严的老人身穿黑色长袍，留着飘逸的白发和胡须，像是从布莱克画作中走出来的人物（但奇怪的是，他也很像托尔斯泰），与一个小丑和疯子在风暴中徘徊，诅咒着上天。接下来场景变换，老人仍在咒骂，依旧浑浑噩噩，怀里抱着一个死去的女孩，而小丑则挂在背景的绞刑架上来回摆动着。这就是这部戏剧的大致框架，然而就算这样，托尔斯泰也想删掉其中大部分重要内容。他反对暴风雨场景，觉得这根本没有必要；他反对小丑，在他看来，小丑不过是无聊的冗余，只不过是莎士比亚想找个由头说些蹩脚笑话罢了；他还反对科迪莉亚的死，他认为这让剧本失去了道德意义。根据托尔斯泰的说法，之前那个被莎士比亚用来改编叫作《莱尔王》的剧本：

结局比莎士比亚的作品更自然，更贴近观众的道德标准；其结局是高卢国王战胜了两位姐姐的丈夫，科迪莉亚也没有被杀害，而是帮助莱尔王夺回了王位。

换言之，这部悲剧本应是戏剧，或者说是通俗剧。悲剧性到底是否能与对上帝的信仰共存的确值得商榷，但是，它与人类尊严中不信任的本质，以及那种美德未能战胜一切时人们必须感到受骗的“道德标准”是水火不容的。而当美德无法战胜一切，但人们仍觉得人类比摧毁自己的力量更加高贵，这就促成了悲剧。也许更值得注意的是，托尔斯泰认为小丑这个角色没有存在的必要。小丑是这部戏剧不可或缺的一部分，他所扮演的不仅是附和李尔王的角色，更重要的是他通过对主要情节发表比其他角色更一针见血的评论，让故事脉络更加清晰，也更能衬托出李尔王的疯狂。他的笑话、谜语、时不时出现的打油诗，以及对李尔王高尚愚蠢行为的无底线赞成，从纯粹的嘲笑倒显得忧郁的诗歌（“你把你所有的尊号都送给别人，只有这一个名字是你从娘胎里带来的”），似是一条涓涓细流贯穿剧中，提醒人们尽管在这里或世界上某些地方，不公正、残酷、阴谋、欺骗和误解之事正在上演，但生活还是要继续。从托尔斯泰对小丑的反感态度，我们能够看出他与莎士比亚更深层次的分歧。其实他对莎士比亚戏剧内容的粗糙、冗长、不合常理情节和语言过度夸张的反对不无理由，然而实际上他最反感的也许是一种活力勃发的氛围，一种对实际生活谈不上享受、更像是兴趣的倾向。但我们也不能单纯地把托尔斯泰贬低为只会攻击艺术家的道德说教者。他从来没说过艺术本身是有害的或是毫无意义的，甚至没说过精湛的创作技巧不够重要。但是他晚年的主要目标就是缩小人类意识的范围：一个人的兴趣、对物质世界的依恋和日常斗争必须尽可能少，而不是尽可能多。

文学作品必须由寓言故事来构成，不需要额外的细枝末节，也和语言本身无关。这些寓言——这就是托尔斯泰不同于普通庸俗清教徒的地方——本身必须是艺术作品，但必须排除其中的乐趣和好奇心。科学也不能和好奇心沾边。他说，科学要做的事情不是查明世界上发生了什么事情，而是要教会人们该怎么生活。历史和政治也同样如此。许多问题（例如“德雷福斯事件”）根本不值得解决，放在那儿悬而未决也没什么大不了。事实上，他把荷兰人种植郁金香等事件归为“狂热”或“病毒般蔓延的心理暗示”，说明他觉得许多人类活动不过是爬来爬去的蚂蚁，既令人费解，又无聊乏味。显然，他对于莎士比亚这样一个行文混乱、文字琐碎、不着边际的作家没什么耐心。对此，他的反应像是一个脾气暴躁的老人被吵闹的孩子纠缠时一样。“你为什么总要跳上跳下？就不能安安静静坐会儿吗？”老人某种程度上说得对，但问题在于孩子四肢尚且灵活好动，但老人早已没了这种感觉。而要是老人发觉了这种感觉的存在，他甚至会更加愤怒：要是可以的话，他恨不得让孩子也立马变老。

也许托尔斯泰不知道自己在莎士比亚身上没有发现的特质到底是什么，但他的确知道莎士比亚身上有他没有看到的东西，于是他决心让其他人也看不到。他生来就专横又自负。就算是成年后，有时生了气还会殴打仆人，据他的英语传记作者德里克·里昂说，在他晚年“时常有种欲望，哪怕是一点点不顺心，都想打不同意他意见的人一巴掌”。就算是皈依了宗教，这种脾性也不是说摆脱就能摆脱的，而事实上，获得新生的幻觉可能会使一个人本身的恶习更加自由地滋生，只不过表面上可能不易察觉。托尔斯泰能够放弃肉体上的暴力，也明白其背后的含义，但他保持不了容忍和谦逊的态度，就算你没读过他的其他作品，但光是从这一篇宣传文章就能看得出他精神欺凌的倾向。

然而，托尔斯泰并不是简单地试图剥夺别人身上他没能享有的快乐。他的确在这么做，但他与莎士比亚的分歧还要更深一层次。这是宗教和人文主义对待生活态度之间的分歧。这里我们又说回了《李尔王》的主旨，虽然托尔斯泰详细阐述了故事情节，但对于这一话题他只字未提。

《李尔王》是莎士比亚戏剧中为数不多的一

部含有明确寓意的作品。托尔斯泰有理有据地抱怨过，关于莎士比亚作为哲学家、心理学家、“伟大的道德导师”，等等，人们已经写了无数没用的垃圾。莎士比亚并不是一个有章法的思想家，他最严肃的思想都是无意间表达出来的，我们并不知道他是否带着“目的性”去写作，甚至不知道有多少他名下的作品真的是他写的。在十四行诗中，他甚至从未提到过戏剧是自己成就的一部分，尽管他的确略带羞愧地暗示过自己曾当过演员。很有可能，他觉得自己笔下至少有过半的剧本是粗制滥造的作品，从来没想过什么目的性或可能性，只要能找些材料——大部分是偷来的素材——把它们揉到一起，能凑合着登台表演就行了。但这并非事情的全貌。首先，正如托尔斯泰自己指出的，莎士比亚有个习惯，那就是把不必要的随性思考从人物的口中表达出来。对剧作家来说，这是个很严重的毛病，但这与托尔斯泰对莎士比亚的描写并不相符，在他眼里，莎士比亚不过是一个不入流的雇用文人，根本没有属于自己的观点，整天希望花最少的力气产生最大的效果。莎士比亚写于1600年之后的十几部剧作毫无疑问是有意义甚至有道德意义的，这些剧作都围绕一个中心主题展开，在某些情况下，这个主题可以简化为一个单词。例如，《麦克白》讲的是野心、《奥赛罗》讲的是嫉妒、《雅典的泰门》讲的是金钱。而《李尔王》的主题是放弃，除非你故意忽略，否则不可能不知道莎士比亚想要表达什么。

李尔王宣布放弃王位，但希望所有人继续把他当作国王对待。他没有意识到，如果他放弃权力，其他人就会针对他的弱点加以利用，并且那些过去对他最奉承谄媚的人，比如雷根和格奈莉尔，往往是现在对他最无情的人。当他发现自己不能再像以前那样令人臣服的时候，他即刻陷入愤怒之中，托尔斯泰说这种反应“不正常且不自然”，但其实放在这个角色身上，这种反应再完美不过。在疯狂和绝望之下，李尔王经历了两种情绪，而这两种情绪变化在他所处的境地下也是十分自然的反应，尽管其中一种情绪也许是莎士比亚用来表达自己观点的。其中第一种是厌恶，李尔深深后悔自己当了国王，并首次接触到形式正义和庸俗道德的腐朽；另一种是无能的愤怒，他在幻想之中报复那些背叛他的人，“一千条烧红的铁钎滋啦滋啦戳到他们的身上！”然后又说：

把毡呢钉在一队马儿的蹄上，
倒是一条妙计；

我要把它实行一下，
悄悄地偷进我那两个女婿的营里，
然后我就杀呀，杀呀，杀呀，杀呀！

直到最后他恢复神智，才明白权力、复仇和胜利其实轻于鸿毛：

不，不，不，不！
来，让我们到监牢里去……
在囚牢的四壁之内，
我们将冷眼看那些朋比为奸的党徒，
随着月亮的圆缺而升沉。

但他的醒悟为时过晚，因为他和科迪莉亚都已注定死去。整个故事大致如此，讲述过程中的一些冗余地方也可忽略，但这一定是个好故事。

不过，这个故事与托尔斯泰本人的经历是否有着奇怪的相似之处？你想不看出相似之处都难，因为托尔斯泰一生中最令人钦佩的事情就是类似李尔王一般无偿放弃自身产权的行为。在晚年时，托尔斯泰放弃了自己的财产、头衔和版权，想要摆脱自己的特权地位，去过农民般的生活，他的尝试真心实意，只是未能成功罢了。但更深层次的相似之处在于托尔斯泰和李尔王一样都是出于错误的动机行事，因此未能取得所希望的结果。托尔斯泰认为，每个人的目标都是幸福，而幸福只能通过遵行上帝的旨意来实现。但是，遵行神的旨意意味着抛弃尘世的一切享受和夙愿，只为他人而活着。托尔斯泰因此放弃了他在这个世上的荣华富贵，希望这么做能让自己更幸福。但如果要对他的晚年盖棺定论，至少有一件事是肯定的，那就是他并不幸福。与他的期望相反，他虽然放弃了自己的财产，但他身边的人却不断迫害他，几乎把他逼到了疯狂的边缘。和李尔王一样，托尔斯泰并不谦逊，也不善于判断他人的性格。有时他倾向恢复到作为贵族的姿态，尽管身上穿的是农民的衣服。甚至他也同样有两个他一直信任，但最后与他反目的孩子，只不过方式不像雷根和格奈莉尔那么极端罢了。托尔斯泰对性行为的过度厌恶也与李尔王明显相似。托尔斯泰说婚姻是“奴役、厌腻、排斥”，意味着忍受“丑陋、肮脏、气味、伤痛”，这也与李尔王那段著名的情绪爆发相对应：

腰带以上是属于天神的，
腰带以下全是属于魔鬼的；
那儿是地狱，是黑暗，是火坑，

吐着熊熊的烈焰，发出熏人的恶臭，

把一切烧成了灰……

虽然托尔斯泰在写这篇关于莎士比亚的文章之时，并不能预知这样的结果，但就连他生命的终结——仅有一位忠诚的女儿陪他毫无征兆地出逃，最后客死异乡的小屋中——也和《李尔王》的情节如镜像般相似。

当然，我们不能假设托尔斯泰意识到了这种相似性，也不能假设如果有人跟他说了他会承认。但他对于这部剧作的态度毫无疑问受到了其主题的影响。放弃权利、放弃土地是他完全有理由感同身受的主题，因此，比起《麦克白》这类和他生活联系没有那么紧密的剧作，他对于莎士比亚在《李尔王》中描绘的寓意才会感到更加愤怒和不安。但《李尔王》中究竟有什么道德寓意？显然，故事中存在两层道德寓意：第一层十分清楚明白，另一层则是隐含在故事里的。

莎士比亚从故事开始就假设放弃权力将遭受攻击。这并不意味着人人都会攻击你（毕竟还有肯特和小丑自始至终都支持李尔王），但至少很可能有人会这么做。如果你放下手中的武器，那么不讲道德的人就会捡起你的武器。如果你遭了一记耳光忍气吞声、逆来顺受，那第二记耳光会更加猛烈。这种事不一定每次都会发生，但属于意料之中的事，因此就算真的发生了，你也不应埋怨。这第二记耳光可以说是逆来顺受这个行为的必然结果。因此，第一层道德寓意来自小丑的粗浅总结："不要放弃权力，不要放弃土地。"但还有另外一层道德寓意。莎士比亚没有在这一点上大挥笔墨，不过他是否完全意识到这一层寓意也不重要。毕竟这一层寓意就包含在故事中，而这个故事本身就是他从某种目的出发而编写或修改的。这一层道德寓意是："你大可以将自己的土地送给别人，但不要期望能够因此获得幸福。因为你不会幸福。如果想要为了别人而活，那就要以别人的利益为目的，而不是作为自己获得好处的迂回方式。"

很显然，托尔斯泰对两层道德寓意都不太满意。其中第一层戳破了他其实想要逃离现实的普通但由衷的自私心态，第二层则直指他内心想把蛋糕吃了又想把它保存下来的渴望，那就是摧毁自己的自我主义，并企图以此获得永生。当然了，《李尔王》并没有主张利他主义的说教性质，只是指出出于自私去实行克己行为会得到什么结果。莎士比亚本身有浓重的世俗气质，如果偏要他在剧本中选边站，他可能会更同情小丑。但至少他可以看清事件全貌，并以悲剧的方式对其加以处理。恶行遭到了惩罚，但美德没有得到回报。莎士比亚后期悲剧中的道德并不属于一般意义上的宗教，当然也不属于基督教。据推测，莎士比亚笔下只有《哈姆雷特》和《奥赛罗》两个剧本发生在基督教时代，并且就算在这两部剧作中，除了《哈姆雷特》中举止荒唐的鬼魂，没有任何地方表明世上存在清算罪恶的"下界"。这些悲剧作品都有着人道主义的假定前提，即生活虽然充满悲伤，但仍值得你活下去，人类是高贵的动物，这是托尔斯泰晚年所没有的信念。

托尔斯泰绝非圣人，但他的确竭尽所能想成为一个圣人，因此他评判文学作品的标准也是超脱凡俗的。我们必须意识到，圣人和普通人之间的差距不在于程度，而是本质就非同一个种类。也就是说，不能把普通人看作圣人的不完美形态。一位圣人——至少是托尔斯泰标准下的圣人——并没有想要将尘世生活变得更好，而是想要终结尘世生活，并用其他东西取而代之。能明显体现这种想法的态度是，他认为独身禁欲比婚姻更"高级"。其实托尔斯泰想表达的是，如果我们真的能停止繁衍、争斗、挣扎和享受，如果我们不仅能摆脱罪恶，还能摆脱一切束缚我们于地球表面的东西，包括爱，那么整个痛苦的过程就会结束，天国就会到来。但普通人要的不是天国降临，他们只想要人世间的生活继续下去。这也不仅是因为普通人“软弱”“有罪”和渴望“享乐”。大多数人从生活中获得了相当多的乐趣，但总的来说，生活是痛苦的，只有非常年轻或非常愚蠢的人不这么认为。归根结底，基督徒的态度是自私自利和享乐主义，因为他们的目标总是摆脱尘世生活的痛苦挣扎，在某种天堂或涅槃中找到永恒的和平。人道主义的态度是，斗争永不停歇，死亡是曾拥有生命的代价。“人必须经历离去，就像他们曾经历到来：成熟的过程就是生命的全部。”这是一种非基督教的观点。通常人道主义者和宗教信仰者之间似乎没什么冲突，但实际上他们的态度是无法被调和的：一个人必须选择今生或者来世。理解了这个问题的绝大多数人会选择今生。他们继续去工作、繁衍、死亡就是做出这一选择的最好证明，而不是选择摧残自己的天赋，以期在来世获得新的机会。

我们对莎士比亚的宗教信仰知之甚少，从他的著作中很难证明他有宗教信仰。但无论如何，他不是圣人，也不想成为圣人：他只是普通人，甚至在有些方面不是什么好人。比如，他明显更喜欢与权贵富商交往，并且能够以最卑躬屈膝的姿态巴结他们。他在发表容易招致反感的意见时也过于审慎，不过谈不上太过怯懦。如果说一个角色有可能让别人认为代表着他自己，他就不会让这个角色吐露一句离经叛道或怀疑宗教的话。在他的所有剧作中，尖锐的社会批评家——也就是那些不接受公认谬论的人——都是小丑、恶棍、疯子，要么就是装疯卖傻、处于歇斯底里状态的人。在《李尔王》中，这种倾向特别明显。《李尔王》包含了大量隐晦的社会批评——托尔斯泰则忽视了这一点，但这些批评都出自小丑之言，或是艾德加装疯卖傻时说的，或者出自癫狂的李尔王口中。神志清醒时的李尔王从不说明智的话。但莎士比亚必须用这种小手段来展示自己宽广的思想范围。他忍不住要对万事万物都发表评价，尽管为此他要制造一系列面具来掩人耳目。如果你认真读过莎士比亚的作品，你很难不每天去引用他的话，毕竟世界上重要的话题或多或少他都有参与，至少也在某个地方用他那不成系统但富有启发性的方式提起过。即使是散落在他每一部戏剧中无关紧要的东西——双关语、谜语、名单、像《亨利四世》中的搬运工对话这样的“报告文学”片段、下流笑话、被遗忘的民谣片段——都只是他兴致过盛的产物。莎士比亚不是哲学家或科学家，但他确实有好奇心，他热爱地球表面和生命过程——需要再次强调的是，这与想要享乐和长命是两码事。当然，莎士比亚之所以能够流芳百世，不是因为他的思想品质，要不是他还是一位诗人，人们八成不会注意到他的戏剧创作。他最吸引我们的地方还是语言。莎士比亚本人对文字音乐的痴迷程度可以从毕斯托尔[①]的演讲中推断出来。毕斯托尔说的话基本上没什么意义，但如果把他的台词单独拿出来看，它们就可以成为辞藻华丽的诗节。显然，莎士比亚的脑海里总浮现出一些格外嘹亮不断回响的胡言乱语（比如“让洪水肆虐，让饥饿的恶魔嚎叫”），因此他必须创造一个半疯不疯的角色作为这些话语的载体。

托尔斯泰的母语不是英语，人们不能责怪他对莎士比亚的诗句无动于衷，甚至不能责怪他拒绝相信莎士比亚的语言技巧与众不同。但他也会拒绝将诗歌视为音乐来评价其质感。要是有人能向他证明，他对莎士比亚如何成名的解释完全错了，莎士比亚至少在英语世界中的名声并无半点水分，他那种把音节放在一起的简单技巧就能给世世代代说英语的人带来享受，但这一切都算不上莎士比亚的荣誉，而是恰恰相反，这不过再次证明了莎士比亚及其崇拜者的非宗教性和世俗性。托尔斯泰会说，诗歌是根据其意义来评判

① 《亨利五世》中的一个角色，福斯塔夫的仆人。

的，诱人的声音只会把虚假的意义掩藏起来。从任何层面来说，这个问题都始终如一——今生与来世的对抗，而文字音乐是属于今生的。

托尔斯泰的性格中总有一些怀疑的意味，就像甘地一样。他并不像一些人宣称的那样是一个粗俗的伪善者，而且如果不是身边的人——尤其他的妻子——在他每走一步时都要干涉他，也许他会做出更大的牺牲。另外，用信徒的视角去审视托尔斯泰这样的人又是很危险的。总有一种可能性——并且可能性很高，这种人只是把一种形式的利己主义换成另一种形式罢了。托尔斯泰放弃了财富、名誉和特权，他发誓放弃一切形式的暴力，并准备为此受苦受难，但很难相信他放弃了胁迫原则，或者至少放弃胁迫他人的冲动。有的家庭中，父亲会对孩子说："你再这么干我就打你！"而母亲则是满含眼泪地把孩子抱在怀里，用呵护的语气说："亲爱的，你应该这么对妈妈吗？"谁会觉得第二种方式没有第一种方式那么强权呢？关键不在于暴力或非暴力，而是是否有权力欲望。有些人深信军队和警察部队都是邪恶的，但比起那些认为在有的情况下必须使用暴力的普通人来说，他们对别人却更严厉和苛刻。他们不会直白地说："做这个、做那个，要不然就去蹲大牢。"但如果可以的话，他们会进入别人的大脑，告诉别人应该怎么想，直至最微小的细节。从表面上看，和平主义和无政府主义等信条似乎意味着彻底放弃权力，但实际上却鼓励了这种思维习惯。因为你信奉的是似乎不受政治肮脏所污染的心跳——一种你自己不能指望从中获得任何物质利益的心跳，那么这就能证明你是对的吗？而你越是代表正义，那你胁迫别人和你必须有同样想法时也就越自然。

如果选择相信托尔斯泰在宣传文章中所说的话，我们会发现托尔斯泰从不认为莎士比亚身上有什么优点，并且总因为其他同胞如屠格涅夫、费特等人与他的想法截然不同而大感惊讶。可以肯定的是，在托尔斯泰不思改进的日子里，也许他的结论是："你喜欢莎士比亚——我不喜欢。就此打住。"后来，当他摒弃了世界是有各种事物组成的观点后，他开始觉得莎士比亚的作品对自己产生了威胁。人们越喜欢莎士比亚，就越不愿意听托尔斯泰的话。在托尔斯泰看来，任何人都不能欣赏莎士比亚，就像不能喝酒抽烟一样。诚然，托尔斯泰不会用武力阻止他们，他并没有要求警方扣押莎士比亚的每一本作品。但他将会在可能的时候诋毁莎士比亚，他会想方设法钻进每一位莎士比亚爱好者的脑袋，用他的所有伎俩扼杀他们获得的乐趣，包括——

正如我在总结他宣传文章的摘要内容时提到的——自相矛盾的论点，甚至很多诚实性值得怀疑的论点。

但最后，最令人意想不到的事情是这一切带来的影响其实微乎其微。正如我之前所说，人们反驳不了托尔斯泰的宣传文章，至少反驳不了他的主要论据。没有任何论据可以为一首诗辩护，它自己能够流传下去就是最好的辩护，否则任何论据都站不住脚。如果要给这次考察下一个定论，我认为在莎士比亚在这个案子里，判决一定是“无罪”。和其他所有作家一样，莎士比亚迟早会淡出人们的视野，但人们不太可能对他提起更严厉的控告了。也许托尔斯泰是他那个年代最受尊敬的文人，也绝非最不称职的宣传文章作者。他绞尽脑汁用尽全力来谴责莎士比亚，像是火力全开的炮舰一样，但结果是什么？四十年后，莎士比亚的地位仍然牢牢不动，而除了一本无人问津的发黄小册子，所有对他的贬低和诋毁已经消失殆尽。要不是因为托尔斯泰曾写了《战争与和平》《安娜·卡列尼娜》，恐怕连这本小册子也早已不为人知。

1947年

托尔斯泰和莎士比亚

上个礼拜我说过，艺术和宣传从来都不可能完全分开，本应纯粹的审美判断也总是由于人们对道德、政治或者宗教的忠诚而在某种程度上受到侵蚀。我也说过，在过去十年那样的困难时期，任何有想法的人都不可能对周围发生的事情视而不见，或者不摆明自己的立场，那些潜在的忠诚被推到了意识层面。批评越发公开地成为党派之争，哪怕只是摆摆姿态假装独立也变得非常困难。但我们不能因此得出结论，认为不存在审美判断这回事，认为艺术作品无非是一些政治宣传的小册子只能被如此评判。这种推理会让我们的思维进入死胡同，使某些显而易见的事实变得难以理解。我会以托尔斯泰对莎士比亚的评论为例来说明这一点，这是有史以来从道德层面，而不是从审美角度，也有人会说是从反审美角度做出的最伟大的评论之一。

托尔斯泰晚年时曾写过一篇文章，严厉声讨莎士比亚，他想证明莎士比亚并非世人所宣称的那样伟大，而是毫无价值，是世界上有史以来最糟糕、最可鄙的作家之一。这篇评论在当时引起了人们的强烈愤慨，但我怀疑它是否得到了充分的反驳。而且我要指出的是，这篇评论在大体上是无可辩驳的。文中有一部分观点是完全正确的，还有一部分意见过于个人化，不值得讨论。当然，我不是说这篇评论的细节无可辩驳。文章中有几个地方自相矛盾。因为托尔斯泰面对的是一种外语，让他产生了很大误解。而对莎士比亚的讨厌和嫉妒无疑也让托尔斯泰在一定程度上对某些事实进行了歪曲，或者至少是视而不见。但这些都无关紧要。总的来说，托尔斯泰的论点在某种程度上是合理的，而且对当时盛行的盲目吹捧莎士比亚的风气来说，也许这篇文章起到了矫正作用，这一点还是有益的。对此的解释不在于我说的这些，而在于托尔斯泰本人不得不说的一些事情。

托尔斯泰的主要观点是，莎士比亚这个作家既肤浅又浅薄，缺乏合乎逻辑的哲学，也没有什么值得一提的思想或者想法，不仅对社会和宗教问题毫无兴趣，对角色或情节的可能性也毫无把握，如果说他表现出了一种明确的态度，那也是一种愤世嫉俗、缺乏道德、世俗的人生观。托尔斯泰指责莎士比亚在创作戏剧时东拼西凑，根本不考虑是否可信，故事荒诞不经，情节异想天开，所有演员的台词矫揉造作、辞藻华丽，根本不像实际生活中的语言。他还认为莎士比亚不加选择地把所有东西——独白、民谣片段、高谈阔论、粗俗的玩笑等——通通穿插进戏剧当中，根本没有考虑是否跟情节有关，而且他还把所处时代中不道德的强权政治和不公平的社会等级划分视为理所应当。简而言之，托尔斯泰指责莎士比亚是一个轻率、懒散的作家，一个品性可疑的人，最重要的是，他不是一个思想家。

这篇评论有很多内容可以被反驳。托尔斯泰暗示莎士比亚是一个不道德的作家，这是不正确的。莎士比亚的道德准则可能不同于托尔斯泰，但可以非常肯定地说，他有自己的道德准则，这一点在他所有的作品中都表现得非常明显。举例来说，比起乔叟[1]或者薄伽丘[2]，他更像一个道德家。他也不像托尔斯泰试图描述的那样愚蠢。顺便提一下，可以说他经常表现出超越他那个时代的远见。说到这一点，我想请大家看一下卡尔·马克思写的那篇关于《雅典的泰门》[3]的评论，不同于托尔斯泰，他很欣赏莎士比亚。不过我想再说一次，托尔斯泰对莎士比亚的评论整体上是准确的。莎士比亚不是一个思想家，那些把他称为世界伟大的哲学家之一的评论家是在胡说八道。他的思想简直混乱不堪，杂乱无章。他和大部分英国人一样，有自己的行为准则，却没有世界观，也没有哲学头脑。此外，这些也都是事实：莎士比亚毫不在乎故事情节的可能性，也很少在角色的连贯上下功夫。众所周知，他常常从别人那里窃取故事情节，然后匆匆写进自己的戏剧当中，使得戏剧中出现了原本没有的荒谬情节，和前后相矛盾。当他碰巧遇到一个万无一失的故事情节，比如《麦克白》这样的作品，角色前后就非常连贯。不过在大多数情况下，角色会被迫做出按普

---

① 即杰弗雷·乔叟（Geoffrey Chaucer，1340或1343—1400），英国小说家、诗人，主要作品有小说集《坎特伯雷故事集》。

② 即乔万尼·薄伽丘（Giovanni Boccaccio，1313—1375），意大利文艺复兴运动代表、人文主义作家、诗人，其代表作有《十日谈》。

③ 莎士比亚创作的最后一部悲剧，写于1607—1608年。

通标准来看完全是难以置信的行为。他的很多戏剧甚至没有童话故事可信。不管怎样，没有证据证明他本人把戏剧当回事，而不仅把它看作一种谋生手段，甚至在他的十四行诗中，他也从未把戏剧归到自己的文学成就中，只有一次相当难为情地提到自己曾是一名演员。就以上这些而言，托尔斯泰是言之有理的。莎士比亚是深刻的思想家，他的戏剧呈现出了合乎逻辑的哲学，展现了他完美的技巧和对心灵细微的洞察——这些都是无稽之谈。

可是，托尔斯泰的这篇评论产生了什么效果？在如此激烈的抨击之后，他应该已经彻底击败了莎士比亚，显然他自己也是这么认为的。那么自这篇文章写完，或者至少是被人们广泛地阅读之后，莎士比亚的声誉就应当被销毁殆尽了。莎士比亚的拥趸者们应该已经发现了他们的偶像其实一无是处，那么他们应该会立即停止从他那里获得任何乐趣。但这些情况并未发生。莎士比亚被击败了，可不知为什么，他依然伫立在那里。人们不但没有忘记他，反而是托尔斯泰对他的抨击几乎已被世人所遗忘。尽管托尔斯泰在英国很受欢迎，但这篇评论的两种译本均已绝版，我在伦敦四处寻找，最后在一家博物馆里找到一篇。

由此可见，尽管托尔斯泰几乎可以把莎士比亚的一切都解释清楚，但有一件事情他无法解释，那就是莎士比亚为什么如此受欢迎？托尔斯泰本人也清楚这一点，并且为此感到颇为困惑。前面我说过，对托尔斯泰的反驳就存在于他自己不得不说的那些话当中。他问自己，为什么这样一个糟糕、愚蠢，而且没有道德的作家会到处受到青睐？最后他只能将其解释为一场在世界范围内进行的歪曲事实的阴谋，又或者因为每个人都进入了一种被他称为催眠状态的集体幻觉之中，只有托尔斯泰自己没有被蒙蔽。至于说到这场阴谋或者骗局是如何开始的，他只好将其归咎于19世纪初期的某些德国评论家。自从那些评论家开始散布恶意的谎言，把莎士比亚称作优秀的作家以来就再没有人有勇气反驳他们。这种揣度不值得浪费时间，纯属胡言乱语。绝大多数喜欢观莎士比亚戏剧的观众从未直接或者间接地受到过德国批评家的影响。因为莎士比亚是真的很受欢迎，而且他受到的是普通人，而绝不是书呆子的喜爱。从在世之日起，莎士比亚就是英国舞台上的宠儿，他不仅在说英语的国家，甚至在欧洲大部分国家和亚洲某些地区都受到了欢迎。几乎就在我说这些话的时候，苏联政府正在纪念他逝世三百二十五周年，而且我在锡兰还曾看到他的戏剧以一种我完全听不懂的语言在上演。我们完全可以得出结论，仅仅因为在莎士比亚的作品中存在着一些历久弥新的、数百万普通人可以理解的好东西，才使得他如此受欢迎，而托尔斯泰恰好无法做到这一点。即使人们知道了这些事实——他的思想混乱，他的戏剧充满了不可能性，但他的作品依然能流传下来，就像你无法通过对着一朵花说教来毁掉它，你也不可能用同样的方式对莎士比亚进行批判。

而且我认为这进一步说明了我上个礼拜提到的艺术与宣传的界限问题。我们从中看到了只针对主题或者意义进行批评的局限性。托尔斯泰没有把莎士比亚当作诗人，而是把他当作思想家和教育家在进行批判，沿着这样的思路，他可以轻而易举地击败莎士比亚。然而他说的话无关紧要，莎士比亚完全没有受到影响。不仅是他的声誉，还有我们从他身上得到的乐趣仍然和从前一样。显然，一个诗人不仅是思想家和教育家，虽然他应该同时是这两者。每篇文章都有宣传的一面，然而在任何一本书、一部戏剧、一首诗，或者凡是不需要忍耐的作品中，必须有某种不被道德或者意义所影响的东西留存下来，这种留存下来的东西只能被称为艺术。在某种限度内，坏的思想和坏的道德也可以是好的文学作品。如果像托尔斯泰这样的伟人都没能做出相反的证明，我怀疑是否还有其他人能做到。

1941年

马克·吐温——持证小丑

马克·吐温撞开了普通人写书的宏伟大门，但仅是凭借《汤姆·索亚历险记》和《哈克贝利·费恩历险记》这两本在“儿童读物”（其实不是）的幌子下广为人知的书才做到的。他最优秀、最具特色的作品《苦行记》《憨人国外旅行记》，甚至《密西西比河上的生活》在英国却鲜有人记得，不过毫无疑问，在爱国主义盛行得与文学交织在一起的美国，这些作品仍具有很强的生命力。

虽然马克·吐温的作品涉猎领域之广令人咋舌，

既有矫饰感伤的《圣女贞德传》，也有内容低俗得从来没人敢出版的小册子，但他作品里最杰出的部分都离不开密西西比河还有野性的西部采矿小镇。他出生于1835年（南方家庭，家境只负担得起一两个奴隶），在美国的黄金时代度过了青壮年时期，那时候，人们刚进入大平原，财富和机会遍地都是，人们感到非常自由——实际上也是如此，人们从未如此自由过，也许在之后的几百年里也不会再如此自由。《密西西比河上的生活》还有之前提到的两本书写的都是奇闻轶事、山河风景和社会历史这些杂七杂八的东西，既严肃，又滑稽，但都有一个中心主旨，也许可以这样总结："这就是人在不愁没饭吃的时候会干的事。"在写这些书时，马克·吐温并没有故意去写一首自由之歌。主要引起他兴趣的是"性格"，也就是人性不再被经济压力和传统牢笼所束缚时，可能产生的奇异、近乎疯狂的变化。他所描写的筏子客、密西西比河上的领航员、采矿者、土匪也许没有夸张的成分，但他们与现代人天差地别，而他们之间也区别较大，像是中世纪教堂里千奇百怪的石像鬼一样。由于没有任何外部压力，因此他们可以发展出奇怪的、有时甚至是邪恶的个性。那时国家观念淡薄，教会薄弱且内部分歧很大，土地任人占取。如果不喜欢自己的工作，那就把老板打成熊猫眼，然后往西边去。而且当时货币极其充足，流通面额中最小的硬币都价值一先令。美国拓荒者也不是什么能人异士，没有那么勇敢。淘金者们干起活来不含糊，但缺乏团结的公共精神来抵御土匪，这使整个矿工小镇都笼罩在土匪的阴影之下。他们甚至讲究阶级之差。一个亡命之徒穿过采矿区的街道，背心口袋里揣着一支德林格手枪，身上背着二十条人命，却身穿长袍，头戴闪亮的礼帽，坚定地称自己是一位“绅士”，还对餐桌礼仪一丝不苟。但至少一个人的命运不再被其出身所决定了。在自由之地尚存的时候，“从木屋到白宫”的神话并非空中楼阁。在某种程度上，巴黎暴徒正是因此攻进了巴士底狱，而当人们阅读马克·吐温、布勒特·哈特和惠特曼的作品时，很难会觉得他们的努力付诸东流了。

然而，马克·吐温不想只做一个密西西比河和淘金时代的记录者。在那个年代，他就已经是闻名于世的幽默作家和喜剧表演者了。当时纽约、伦敦、维也纳、墨尔本和加尔各答的观众都被他逗得笑到前仰后合，但如今看来，这些笑话基本上不再有趣了。（值得一提的是，马克·吐温的表演只对盎格鲁–撒克逊和德国观众算是成功，相对成熟的拉丁人从来不太关注，他抱怨说拉丁人的幽默总离不开性和政治。）但除此之外，马克·吐温还标榜自己是一位社会批评家，甚至是一位哲学家。他身上有一种反传统的甚至革命性的气质，他显然想要把这种气质展现出来，但不知何故，他没能做到。他本应成为谎言的揭露者，成为比惠特曼力量更大的民主先知，因为他更健康，更幽默。然而，他却成了一个靠不住的“公众人物”，受到护照官员的奉承和贵族的款待，他的职业生涯也反映了美国内战后生活风气的堕落。

有时，马克·吐温被拿来与他同时代的阿纳托尔·法朗士做比较，这种比较并不像听起来那样毫无意义。两人都是伏尔泰的精神之子，对生活都有一种讽刺、怀疑的看法，都有一种用欢乐情绪掩盖着的天生悲观主义。两人都知道现有的社会秩序是一种骗局，其珍视的信仰大多是虚妄的。两人都是执拗的无神论者，都坚信（对马克·吐温来说，是达尔文对他产生了这样的影响）宇宙是冷漠残酷的。但是两人的相像之处也就如此了，这位法国人不仅更博学、更文明、更有活力，重要的是他更有勇气。他敢于正面驳斥他不相信的事情。不像马克·吐温一样，总是戴着亲切友好的“公众人物”和持证小丑的面具。他敢于顶着惹怒教会的风险，站在争议中不得人心的一边，比如在“德雷福斯事件”里。而马克·吐温除了写过一篇《什么是人？》的短篇文章，就从未以可能招致麻烦的方式攻击过既定的信仰。他也从来没能摆脱成功是一种美德的观念，也许这是美国人独有的观点。

在《密西西比河上的生活》中，有一个奇怪的例子，说明了马克·吐温性格的核心弱点。在这本以自传体为主的作品的前半部分，事件的日期有所改动。马克·吐温描述他作为密西西比河上领航员的冒险经历时，仿佛当时他只是一个十七岁左右的男孩，而实际上他是一个已将近三十岁的青壮年了。他这么做也是有原因的。书中同一部分还写到了他在内战中的功绩，这显然不是能引以为傲的事情。而且，如果马克·吐温真的打过仗，他一开始也是属于南方阵营的，在战争结束前才改换门庭。这种行为发生在孩子身上比发生在成年人身上更说得通，于是他才更改了日期。然而，很明显，他之所以临阵倒戈，是因为他看出了北方会赢。在他的整个职业生涯里，这种尽可能站在强者一边、相信强权必然正确的倾向十分明显。在《苦行记》中有一个有意思的故事，讲述了一个名叫斯莱德的土匪，除了其他无数暴行，他还身背二十八起命案。很明显，马克·吐温钦佩这个人神共愤的暴徒。因为斯莱德成功了，所以他令人钦佩。到了今天，这种观点依旧很常见，用一个意味长远的美国俚语来说，那就是“发迹了”。

在内战结束后那个每个人都在疯狂聚钱敛财的时期，像马克·吐温这样的人很难拒绝做一个成功的人。亚伯拉罕·林肯所代表的古老、单纯，嚼着烟草到处演说的民主正在消亡：现在是廉价移民劳动力和大企业增长的时代。马克·吐温在《镀金时代》中用温和的口吻讽刺了同辈人，但他自己在时代狂潮面前也没能置身事外，赚了很多钱，也赔了很多钱。他甚至有好几年放弃了商业写作，然后把时间浪费在滑稽戏上，不仅举办巡回表演、参加公共宴会，而且写了一本书叫《亚瑟王宫廷中的康涅狄格州北方佬》，刻意恭维着美国生活中最糟糕、最粗俗的东西。本可能成为“乡村伏尔泰”的人却当上了世界上一流的餐后演讲者，用他的奇闻轶事以及让商人觉得自己是公益家的能力去讨好别人。

对于马克·吐温没能写出他应该写的书，人们往往把他的妻子视为罪魁祸首，她也的确对他进行了蛮横的专制管理。每天早上，马克·吐温都要把前一天写的东西给她掌眼，然后克莱门斯太太（马克·吐温的真名是塞缪尔·克莱门斯）会用蓝铅笔把她认为不合适的东西都删掉。就算是用19世纪的标准来看，她的删改方式也太过极端了。在W.D.豪威尔斯的《我的马克·吐温》中，有一段文字记录了因为《哈克贝利·费恩历险记》中出现了一句肮脏秽语而引发的争吵。马克·吐温向豪威尔斯求助，豪威尔斯确认“哈克的确会说这种话”，但同时他也站在克莱门斯太太那头，觉得这种词语不可能被印刷出来。这个词语是“见鬼”。然而，不可能有作家真心甘做妻子的思想奴隶。要是马克·吐温真的要写想写的书，克莱门斯太太也拦不住。也许是她使得他更容易屈服社会，但也是因为他自身的缺陷才会屈服，也就是他放不下成功的诱惑。

马克·吐温有好几部书肯定会流传下去，因为其中包含着宝贵的社会历史。他的一生恰好覆盖美国扩张的重要时期。他年幼时，一边野餐，一边观看废奴主义者被处以绞刑是件稀松平常的事。而在他将死之时，连飞机都不是什么新鲜事物了。美国这一时期的文学作品相对较少，要是没有马克·吐温，我们对于密西西比河上划桨式汽船或舞台马车横穿平原的画面就不会如此生动。但大多数研究过他的作品的人都有一种感觉，那就是他的能力远不止于此。他总是给人一种欲言又止的奇怪印象，以至在《密西西比河上的生活》和其他作品上总能看到一个影子，这个影子属于一本更伟大、更清晰的作品。值得注意的是，他在自传的开头写道：一个人的内心生活是无法形容的。我们不知道他会说什么——那本现在已经无法入手的小册子《1601》可能会提供线索，但是可以猜得到，这本册子一旦面世，肯定会影响他的声誉、减少他的收入。

1943年

鲁德亚德·吉卜林

艾略特先生在为这本吉卜林诗集[①]作序的长篇文章中表现得如此守势，不免令人遗憾，但是这也无法避免，因为在谈论吉卜林之前，你必须了解一个神话，而这个神话是由两种没读过他的书的人编造而成的。五十年来，吉卜林一直处于这种成为代名词的特殊地位。在过去的五代文学时期，每一个有见解的人都瞧不起他，但到这个时期末尾，这些有

---

① 《吉卜林诗歌选集》，T.S.艾略特选编。——原注

见解的人十之八九销声匿迹了，而吉卜林却仍为人所知。对于这一事实，艾略特先生从未做出令人满意的解释，因为在反驳关于吉卜林是“法西斯主义者”这种无聊却常见的指控时，他陷入了相反的境地，即在不可辩解的地方为吉卜林辩解。没必要假装任何开化之人都必须接受甚至原谅吉卜林的人生观。吉卜林身上有一种明显的虐待狂倾向。吉卜林是一个帝国侵略主义者，他在道德上麻木不仁，在审美上令人厌恶。我们最好一开始就承认这一点，再去分析他的名声为何流传了下来，而那些瞧不起他的文人雅士却早已被人遗忘。

不过，对于他是“法西斯主义者”的指控必须做出回应。事实上，他比当今最具人道精神、最“进步”的人还要不像一个法西斯分子。人们总是鹦鹉学舌般引用一些文段，却根本不看看上下文的联系或深挖其含义，这种现象有一个很有意思的例子，来自《礼拜后的退场曲》[①]中的一句：“目无法纪的小族类。”那些激进的左派人士看到这句话便暗自嘲笑。人们先入为主地认为“小族类”指的就是“土著”，于是自然而然地想象着一幅戴着遮阳帽的绅士老爷脚踢苦力的画面。但是

① 吉卜林于1897年创作的诗歌。

结合上下文来看，这句诗的意义完全相反。几乎可以肯定，“小族类”一词指的是德国人，尤其泛德意志作家，说他们“目无法纪”指的是无法无天，而不是没有权力。整首诗向来被人们认为是放纵地自我吹嘘，但实际上是对英国和德国强权政治的谴责。有两节诗值得引用（我之所以引用，是出于政治角度，而不是诗作本身的角度）：

如果我们沉溺于权力，肆意放纵；
我们对上帝毫无敬畏，胡言乱语；
像异邦人所说的夸口，或目无法纪的小族类——
主万军之神，请与我们同在，
以免我们忘记——以免我们忘记！
为了那信任的异教徒的心，
在发臭的管子和铁碎片里，
所有立于凡俗的勇者都防范着，
而不求主防范，
那些疯狂的吹嘘和愚蠢的话语——
主啊，求你怜悯你的子民！

吉卜林的许多措辞摘自《圣经》，毫无疑问，在第二节中，他想到的是《诗篇》第一百二十七篇的内容：“若不是耶和华建造房屋，建造的人就枉然劳力；若不是耶和华看守城池，看守的人就枉然警醒。”这一段并不会给后希特勒时代的人们留下太多印象。在我们这个时代，没有人相信有任何制裁力量能够大过军事力量，每个人都相信，能够胜过武力的只有更强大的武力。没有“律法”，只有力量；没有“法律”，只有权力。我并不是说这是一种真正的信仰，只是说这是所有现代人实际上持有的信仰。那些假装实际并非如此的人要么是精神懦夫，要么是不善伪装的权力崇拜者，要么就是根本没有跟上生活的时代。吉卜林有着前法西斯主义的观念。他仍相信骄傲必然导致失败，上帝必将惩罚傲慢。他没有预见到坦克、轰炸飞机、无线电和秘密警察，也没有预见到它们所造成的心理后果。

但说到这里，是不是我上面说吉卜林信奉侵略主义和残忍成性的说法就不成立了呢？并不是，只不过是在说19世纪的帝国主义观和现代的黑帮是两码事而已。吉卜林毫无疑问属于1885年至1902年这个时期。世界大战及其影响让他无比痛苦，但几乎没有任何迹象能够表明他从第二次布尔战争[①]后的任何事

① 第二次布尔战争是1899年10月11日至1902年5月31日，英国同荷兰移民后代阿非利卡人（布尔人）建立的德兰士瓦共和国和奥兰治自由邦为争夺南非领土和资源而进行的一场战争。

件中学到了什么东西。他预言了英国帝国主义的扩张阶段（甚至他唯一的小说《消逝的光芒》比他的诗作更能让人感受到那个时期的氛围），也是英国军队的非官方历史学家，这支古老的雇佣军于1914年开始改制。他所有的自信、他那旺盛的庸俗活力都是从法西斯主义者或近乎法西斯主义者所没有的局限中迸发出来的。

吉卜林晚年一直怏怏不乐，这毫无疑问是政治立场的失望，而不是文学立场的虚荣。不知何故，历史没有按照计划的样子发展。在赢得史上最伟大的胜利后，英国反而不像以前那个世界大国了，吉卜林十分敏锐地捕捉到了这一点。他理想中的阶级不再拥有美德，年轻人要么整日享乐，要么离经叛道，不再拥有把世界地图涂成粉红色[①]的愿望。他无法理解发生了什么，因为他从未深刻理解帝国扩张背后的经济力量。值得注意的是，吉卜林似乎没有像普通士兵或殖民地行政长官那样意识到，帝国不过是用来挣钱的勾当。在他看来，帝国主义是一种强制性的福音传播。你用加特林枪对付一群手无寸铁的“土著”，然后制定“法制”，包括修建公路、铁路和法院。因此他没有预见到，建立帝国的

① 过去，世界地图上的英属领土（包括殖民地）都是粉红色的。

动机同样可能让帝国毁灭。比如，马来西亚丛林被开发为橡胶园，而出于同样的动机，现在，这些橡胶园被拱手送给了日本人。现代的极权主义者知道自己想要什么，但19世纪的英国人则无比迷茫。这两种态度都有各自的优势，不过吉卜林从未改变自己的态度。虽然他是一位艺术家，但他的观念仍属于领工资的官僚阶层，瞧不起做生意的小贩，结果活了一辈子都不知道发命令的往往是这些小贩。

但因为他认同自己属于官员阶层，他确实拥有一种“开明”的人很少或从未拥有的品质，那就是责任感。左派中产阶级对他这一点的憎恨不比对他残忍和粗俗的憎恨少。高度工业化国家的所有左翼政党归根结底都是骗局，因为他们的斗争对象其实是他们根本不想摧毁的东西。他们有着属于国际主义者的目标，却要努力维持与这些目标不相容的生活标准。我们都靠从亚洲抢劫苦力为生，但那些“开明之士”觉得应该释放苦力。然而让我们保持“开明”的优渥生活标准却要求我们不能停止抢劫的行为。人道主义者往往也是伪君子，吉卜林能够深刻理解这一点，也许这就是他能够创造有说服力话语的核心秘密。我们很难用比“嘲笑那些守护你安睡的军人”字数更少的话来形容英国人狭隘的和平主义。的确，吉卜林并不能够从经济角度理解贵族和保守派之间的关系。他没有意识到，把地图涂成粉红色的主要原因就是剥削苦力。他眼里没有苦力，只有印度公务员。不过即使在这一层面，他对于“谁保护谁”的理解也是非常正确的。在他眼里，只有在教化程度更低的人来负责守卫和哺育的情况下，人类才能保持高度文明。

吉卜林对于他所歌颂的管理者、士兵和工程师有多大程度的真正认同呢？也许程度不像人们想象中的那么高。他年轻时游历过很多地方，成长过程中一直属于平庸环境中拥有出色头脑的人。他身上一些神经质的特点使他更喜欢活跃的人，而不是敏感的人。19世纪的英裔印度人可以说是他喜欢的偶像中最没有同情心的，但至少做起事来毫不含糊。也许他们做的事都出于邪恶的目的，但他们的确改变了地球的面貌（看一看亚洲地图，比较一下印度与周边国家的铁路系统就懂了），而如果英裔印度人的普遍观点都像E.M.福斯特那样的话，他们是干不成什么事的，连一个礼拜的权力都掌控不了。

吉卜林的书虽然俗气、浅薄，但要想窥得19世纪英属印度一貌，这的确是唯一的文学作品了。而他之所以能做到这一点，是因为他本人足够粗俗，这样才能够在混乱的俱乐部和军队中生存下来并保持沉默。但他与他崇拜的人并没有太大的相似性。我从好几条私人渠道得知，许多与吉卜林同时代的英裔印度人都不喜欢或不认可他。他们说，他对印度一无所知，而且在他们来看，吉卜林的视角太高了。在印度时，他倾向与“错误”的人交往，而且由于他肤色黝黑，人们错误地怀疑他有亚裔血统。他后来的成长路线在很大程度上是由于他出生在印度，并且很早就离开了学校。如果背景稍有不同，他可能就变成一位优秀的小说家或杰出的乐厅歌曲作曲家了。但说他是庸俗的旗手或是塞西尔·罗兹[①]的宣传代理人又有多大的真实性？虽然这么说没错，但他并不是一个唯唯诺诺的人，也不是一个混日子的人。如果说他早期有过这种倾向，但后来再也没有与公众意见妥协过。艾略特先生说，之所以反对他，是因为他以大众化的方式表达了不受欢迎的观点。假定“不受欢迎”就是不受知识界欢迎，这么说便缩小了问题的范围，但事实上，吉卜林传达的“信息”是民众不想要的，也从来未曾被接受过。19世纪90年代的人民大众和现在一样，都是反军国主义者，对帝国感到厌倦，只是在不知不觉中爱国。吉卜林最多的仰慕者——不管是以前，还是现在——都是读过《黑森林》的“服务类”中产阶

① 塞西尔·罗兹（Cecil Rhodes，1853—1902）：英殖民主义者，曾参加英布战争。

级。在20世纪初那愚蠢的几年里，保守派终于发现了一个可以称得上诗人而且和他们站在一边的人，于是把吉卜林高高供起，并将他的一些说教式的诗——比如《如果》——赋予了《圣经》般的地位。但这些保守派是不是真的像读《圣经》一样用心读过他的作品就值得怀疑了。他所说的很多内容他们都不可能会认同。从内部批评英国的人很少能比这个流氓爱国者说话更粗俗。他攻击的通常是英国工人阶级，但并非总是如此。“边门上的白痴和球门上泥泞的傻瓜”这句话至今仍像利箭一样指向伊顿公学和哈罗公学的比赛，以及优胜杯决赛。就主题而言，他写的一些关于布尔战争的诗句总有一种奇怪的现代气息。而大概于1902年写的“斯泰伦博斯[①]”则总结了1918年每一位头脑聪明的步军军官说过的话或现在还在说的话。

要不是含有当时的阶级偏见，吉卜林关于英格兰和帝国的浪漫主义思想根本无足轻重。如果你审视一下他最杰出、最具代表性的作品，尤其他的军旅诗，比如《营房谣》，就会发现诗中最令人不快的就是一种高高在上的姿态。在吉卜林眼中，军官尤其下级军官都太过理想化，甚至达到了一种荒谬的程度。而列

① 斯泰伦博斯：南非西南部的小城，英军中被降职的军官往往被派遣到这里。

兵虽然可爱浪漫，却只能是一个丑角，总是只有一种刻板的乡土腔调，虽然没那么晦涩，但说话时总会故意省略H和G的发音，情况往往像教堂里的幽默朗诵一样让人尴尬。结果就出现了一个奇怪的现象，那就是只要需要简单浏览吉卜林的诗歌，把伦敦土腔改成标准演讲腔，那这首诗就立马好多了——既不那么滑稽，也不那么张扬。他诗中的叠句部分尤其如此，往往具有真正的抒情性质。我们来看两个例子（一段写的是葬礼，一段写的是婚礼）：

扔掉烟斗，跟我来！
别再骂了，跟我来！
哦，聆听大鼓的呼唤，
跟我来——跟我回家！

以及：

为中士的婚礼欢呼，
再给他们一次欢呼！
拖炮车的灰色大马，
流氓娶了妓女！

在这里，我恢复了字母H的发音，吉卜林本就不应省略的。他应该意识到第一节诗的最后两句非常优美，应该抑制住自己，不应嘲笑劳动人民的口音。在古代叙事诗里，地主和农民说的都是同一种话。在古代的民谣中，地主和农民用同样的语言。而吉卜林做不到这一点，他都是以扭曲的阶级视角看待问题，而报应就是他最漂亮的一句诗被糟蹋了——因为“follow me home”比“follow me 'ome”好听得多。就算在音调上影响不大，这种故意出现的土腔也令人恼火。不过，比起在纸上阅读，更多时候，人们会大声朗读他的诗句，而大多数人在引用的时候会本能地做出必要修改。

你能想象，不管是在19世纪90年代，还是在现在，士兵们在读《营房谣》时，会感觉作者在为自己说话吗？很难想象。但凡读得懂诗的士兵，就会立马发现吉卜林几乎没有意识到军队和其他地方一样，也有阶级战争。他不仅认为士兵滑稽可笑，而且先入为主地认为士兵一定爱国、封建，是军官的崇拜者，并且为能当女王的兵而自豪。当然，一定程度上这种想法也没错，要不然仗也打不起来了，但“我为你做了什么，英格兰，我的英格兰？”——本质上属于中产阶级的问题。而只要是个工人就会立即追问：“那么英格兰为我做了什么？”而吉卜林对此则简单地总结为“下层阶级的极度自私”

（他的原话）。而当他不写英国人，而是写“忠诚的”印度人时，又会将那种“老爷好”的主题写得过分腻人。然而，与他那个时代或我们这个时代的大多数“自由派”相比，他更加关注普通士兵，更担心他们能不能得到公平待遇，这仍然是事实。他注意到了士兵受人忽视，军饷低得可怜，还要被他们所保护的人鄙视。在他过世后出版的回忆录中记载道：“我注意到了士兵在生活中的可怕境地，他们遭受了不必要的折磨。”有人指责他美化战争，也许的确如此，但他并没有用常见的方式去美化战争，比如把战争看作足球比赛。像大多数有能力写战争诗的人一样，吉卜林从未参加过战争，但他的战争观很现实。他知道子弹会伤人，知道炮火之下的恐惧，也知道普通士兵从来不知道为什么打仗，只知道自己这一角战场发生了什么，也知道英国军队像其他军队一样，也经常逃跑：

我听到身后的刀声，
但我不敢面对敌人，
我也不知道要到哪里去，
因为我不敢停下来看。
直到我听到一个乞丐尖叫着跑出去，
我想我很熟悉这个声音——

那就是我！

如果将这种风格现代化，它可能出自20世纪20年代一本揭露战争的书。以及：

如今子弹穿破尘土，
却没有人想要面对，
叫花子却很难抗命；
所以，他们就像戴上了镣铐，
就算不愿也要顶上去，
他们亦步亦趋，动作僵硬。

并与下面这一节做比较：

冲啊，轻骑兵！
有人怕了吗？
没有！虽然士兵们知道
有人犯了愚蠢的错。

如果硬要说有什么毛病，那就是吉卜林过分夸大了战争的可怕，因为用我们现在的标准衡量，他年轻时候的战争只是小打小闹罢了。也许这是因为他身上病态的气质，以及对残忍暴行的渴望。但他至少知道被命令去当炮灰时的绝望，也知道每天四便士的军饷算不上丰厚。

对于19世纪末长期服役的雇佣兵，吉卜林所描绘的画面有几分完整或真实？对于这个问题，答案正如我们之前评价描写19世纪英裔印度人的文章一样，不得不说这不仅是最好的作品，也是我们所拥有的唯一作品。要不是他记录了大量材料，很多东西我们就只能从口头去了解，或是去难以卒读的团史里去找。也许他对军队生活的描述比实际更全面、更准确，因为任何英国中产阶级都可能有足够的知识来填补空白。无论如何，在阅读埃德蒙·威尔逊[①]先生刚刚发表或将要发表的关于吉卜林的文章时，我发现有很多事情在我们看来是家常便饭，而美国人却无法理解，这让我十分震惊。但从吉卜林早期作品的主题来看，似乎确实出现了一幅生动又没那么误导人的前机关枪时代旧式军队的画面——直布罗陀或勒克瑙闷热的兵营、红大褂、烟斗、鞭打、绞刑和十字架、号角声、燕麦和马尿的气味、留着一英尺长的胡子、咆哮着的中士、总有见血的小冲突、总有管理不善的军队、拥挤的军舰、霍乱肆虐的营地、最后死在劳动救济所的

---

① 埃德蒙·威尔逊（Edmund Wilson，1895—1972）：美国文学家，曾任美国《名利场》和《新共和》杂志编辑。

军官的“土著”小妾。这是一幅又一幅残暴粗俗的画面，其中，歌剧厅里的爱国主义音乐与左拉[①]笔下更加血腥的段落交织在一起，但从这幅画面中，子孙后代能够对长期服役的志愿军有个大致印象，同时可以了解到在人们不知汽车和冰箱为何物的时代，英属印度是什么样子。我们不能认为如果乔治·摩尔、吉辛或托马斯·哈代有和吉卜林一样的机会，就能写出关于这些主题更好的书。这种事是不可能发生的。19世纪的英国出不了像《战争与和平》这样的书，或像托尔斯泰的《塞巴斯托波尔》或《哥萨克》这样关于军队生活的小故事，这不是因为没有天赋和才华，而是因为有才学的人对这种现实的接触不可能恰如其分。托尔斯泰生活在一个伟大的军事帝国里，似乎任何一个家庭的年轻人在军队里待上几年都是很自然的事，而大英帝国过去和现在的非军事化程度则令人难以置信。文明的人不会轻易离开文明中心，并且在大多数语言中都缺乏能够称为殖民文学的东西。也只有在这种荒诞的事件组合之下，才可能产生吉卜林笔下那种华而不实的场面：列兵奥瑟里斯和豪克斯比夫人站在棕榈树前聆听寺庙的钟声。另外还有一个必要条件是吉卜林自己必须只能是半个文明人。

① 左拉（Zola，1840—1902）：法国自然主义小说家和理论家。

吉卜林是我们这个时代唯一在语言中添加了短语的英语作家。这些我们并不清楚来源的短语和词汇不一定全部来自我们敬仰的作家。比如，听到纳粹广播员把俄罗斯士兵称作“机器人”是件怪事，因为这种说法出自一位捷克民主党人士，换作平常，他们恨不得将其抓起来就地处决。下面是吉卜林创造的六个短语，人们可以在街头报刊的头条新闻上看到，或者从酒吧里根本没听说过吉卜林尊姓大名的人口中说出。可以看出，它们都有一个共同的特点：

东方是东方，西方是西方。

白人身上的担子。

只知道英格兰的人，又知道英格兰什么？

在所有物种中，雌性比雄性更致命。

在苏伊士运河东边某个地方。

支付丹麦金[①]。

除此之外还有一些短语，其中的很多用法都已经超出了本意，并且沿用了很多年。比如“用嘴杀死克鲁格[②]”这句话直到最近还有人在用。不过，

---

① 10—12世纪英国征收的一种税，用于防止丹麦入侵。

② 意指保罗·克鲁格，布尔共和国最后一任军队总司令。

我在上面列出这些短语有个共同之处，那就是它们是用半带嘲讽的语气说出来的，人们迟早会用到。《新政治家》杂志对吉卜林的蔑视众所周知，然而在慕尼黑阴谋时期，这本杂志本身也多次引用“支付丹麦金”这句话。事实上，除了一些浅显庸俗的道理，以及那种用只言片语描绘丰富场景的天赋（“棕榈树和松树”“苏伊士运河东边”“去曼德勒的路”），吉卜林通常讲的是更加关乎现状的事情。从这个角度来看，虽然有思想的人和正派的人通常会发现自己站在与他对立的另一边，但这并不重要。“白人身上的担子”这话一出就引发了真正的问题，即使人们觉得应该将其改成“黑人身上的担子”。人们可能不同意《岛民》中隐含的政治态度，但不能说这是一种轻浮的态度。吉卜林的思想既粗俗，又永恒。这就引出了他作为诗人或韵文作者的特殊地位问题。

艾略特先生说，吉卜林创作的韵律作品是“韵文”，而非“诗歌”，不过他补充说他写的是“伟大的韵文”。为了进一步证明，他还说，只有当“我们无法判断是韵文或诗”的时候，才能说这个作家是“伟大的韵文作家”。显然，吉卜林是一位时不时写几首诗的韵文作者，这么来看，很遗憾艾略特先生没给我们指明这几首诗的名字。问题在于，每当有人要求对吉卜林的作品进行审美判断时，艾略特都过于守势，无法直言不讳。他没能直说的，也恰恰是我认为在讨论吉卜林时应该开场就阐明的就是吉卜林笔下的韵文都太过俗气，给人的感觉像是进了歌厅看三流演员在紫光灯的照射下背诵《吴方甫的辫子》，但就算如此，他的韵文中却有很多地方能够给懂得诗歌含义的人带来快乐。在他最俗气但也是最重要的几首诗作中，比如《战茄声》和《丹尼·笛福》，吉卜林甚至会给你带来令人羞愧的快感，像是有的人已经中年却仍偷吃劣质糖果一样。可就算在他写得最好的作品里，你也会感觉到自己被某种虚假的东西所诱惑，你却仍会心甘情愿地被其诱惑。除非是势利眼或骗子，要不然凡是喜欢读诗的人，都不可能说自己不会从这样的诗句中获得任何乐趣：

风吹打着棕榈树，
庙里的钟声在说，
“回来吧，你这个英国士兵，回到曼德勒！”

然而，这些句子并不像《费利克斯·兰德尔》或《当墙上挂着冰柱》那样属于真正意义上的诗。不过，要是你把吉卜林说成一位优秀的坏诗人，你就可以抛开“韵文”和“诗”，给吉卜林更精准的定位。他就是诗人，正如哈丽叶特·比彻·斯托[①]是小说家一样。这类作品的现世本就说明了这个时代的一些特质，一代代人都觉得这些作品低俗，却永远有人去读。

英语里有很多优秀的坏诗，准确来说，都是出现在1790年后的。这类优秀的坏诗有——我故意选了各种类型的——《叹息之桥》《当全世界都年轻的时候，小伙子》《光明旅的冲锋队》，布勒特·哈特的《狄更斯在营地》《约翰·摩尔爵士的葬礼》《珍妮吻了我》《拉弗斯顿的基思》《卡萨维安卡》等。所有这些诗歌都散发着多愁善感的气息，但也许不是特定的这几首，而是这类诗歌，能够给清楚看到它们问题出在哪儿的人带来快乐。要不是因为优秀的坏诗一般太有名，不值得再重印，否则这种诗收集起来能编厚厚一本选集了。

在我们这个时代，不必非要说“好”的诗歌很受人欢迎。它们是且必须是极少数人才能欣赏的，是各类艺术中最不受欢迎的。也许这种说法需要一定程度的限制。有时候真正的诗歌需要伪装成其他

---

① 哈丽叶特·比彻·斯托（Harriet Beecher Stowe，1811—1896）：美国作家，著有《汤姆叔叔的小屋》。

东西，才会被大众所接受。现在英国有的民间诗歌就是例子，比如某些童谣和帮助记忆的韵脚诗文，以及士兵们创作的歌曲、配合吹号的歌词。但总体来说，在我们这个文明里，“诗”这个词语本身会引起嘲讽的讥笑，最好的情况就是人们听到“上帝”这个词时那种冰凉的厌恶感。如果你的手风琴拉得好，只要去到附近的酒吧，不出五分钟就能吸引到不少观众。但是对这同一批观众，你要是给他们读莎士比亚的十四行诗，他们会是什么态度？不过，要是能够事先营造好气氛，优秀的坏诗说不定能吸引到那些看起来最不可能感兴趣的观众。几个月前，丘吉尔在一次广播演讲中引用了克劳夫的《奋进》，效果显著。我是和一些算不得爱诗之人的朋友一起听的这次演讲，我相信丘吉尔引用这首诗也给他们留下了深刻印象，没有让他们觉得尴尬。但就算是丘吉尔，要是他引用的诗比这首要好，那最终效果也将大打折扣。

作为韵文作家，吉卜林的受欢迎程度很高，而且直到今天仍然如此。在他有生之年，他的部分诗歌已经超越了阅读大众的范围，超越了学校颁奖日的朗诵，超越了童子军的歌曲，超越了软皮书，超越了扑克牌和日历，进入了音乐厅这个大世界。不过，艾略特先生还是认为他的作品值得编辑成册，因此承认这种品位大家都有，但并不总是愿意诚实地坦白。事实上，像优秀的坏诗这种东西的存在恰恰证明知识分子和普通群众之间也有情感重叠的部分。知识分子与普通人不同，但仅限于其人格的某些部分，甚至并非始终如此。但是一首优秀的坏诗有什么特点？它是对显而易见事物的优美纪念，它以令人难忘的形式——因为诗歌也是一种记忆工具——记录了一些几乎人人都有的情感。《当全世界都年轻的时候，小伙子》这首诗的优点是，无论它多么感伤，它的情感都是“真实的”，因为你迟早会在脑海里发现它所表达的思想。而如果你碰巧知道这首诗，你就会再次想起它，并且理解得越来越深刻。这种诗可以说是押韵的谚语，事实上，脍炙人口的诗往往像格言警句一般。我们可以一个吉卜林的作品为例：

泛白的手紧紧抓住缰绳，
从鞋跟上卸下马刺，
温柔的声音喊道“再转身”！
红唇掩盖钢剑的光芒，
不管是下地狱还是登上王位，
独自旅行的人走得最快。

你可以感受到俗气的思想被强烈地表达出来。也许这不是真理，但无论如何，大家都这么想过。你早晚也会认为独自旅行的人走得最快，这种思想就在未来某个地方等着你。所以，你很有可能看上一遍这句诗，就会一直记得它。

上面我已经提到了一个吉卜林作为优秀的坏诗人吸引人的原因，那就是他的责任感，这也使他拥有了一种世界观，只不过它碰巧是错误的而已。尽管吉卜林与任何政党都没有直接联系，但他是个保守派，如今这种情况已经见不到了。现在自称保守派的人要么是自由派，要么是法西斯主义者，要么是法西斯主义者的帮凶。他站队执政一派，而不是反对派。作为一个天才作家，这么做似乎有悖常理，甚至可能遭人唾弃，但确实给吉卜林带来了一定程度的优势，可以掌握现实。

执政当局总是面临这样一个问题："在这样或那样的情况下，你会怎么做？"然而，反对派没有义务去担责或做出真正的决定。在英国，如果反对派永远是反对派，其内部思想也一定会逐渐腐化。此外，那些从一开始就对生活持悲观态度、反动观点的人往往会被现实证明是正确的，因为乌托邦永远不可能到来。正如吉卜林自己所说，"手抄本标题中的诸神"总会回来。吉卜林把自己出卖给了英国统治阶级，但不是在经济上，而是在精神上。这扭曲了他的政治判断，因为英国统治阶级和他想象的不同，这让他陷入了愚蠢和势利的深渊，但他至少尝试过去想象做出行动和承担责任是什么样的，从而获得了相应的优势。他不机智，不“大胆”，亦不想震惊资产阶级，这对他来说是件好事。他的作品很多是陈词滥调，但由于我们本就活在一个充满陈词滥调的世界里，因此他的话还算说得通。即使他做过最愚蠢的行为，比起同一时期的那些“开明”言论——比如王尔德的短诗和《人与超人》结尾的警句，也显得没那么肤浅和令人讨厌了。

1942年

W. B. 叶芝

一本书的主题和意象可以用社会学的术语来解释，但无法解释它的神韵和质感。然而，这种联系肯定存在。例如，我们知道，一个社会主义者不会像切斯特顿那样写作，一个保守党帝国主义者不会像萧伯纳那样写作，但我们是怎么知道的，就说不清楚了。就叶芝而言，他任性甚至饱受煎熬的写作风格与他对生活的消极态度之间一定有某种联系。梅农先生这部有意思的作品主要关注叶芝作品背后的深奥哲学，但散布在书中的语录还是让人们感觉到叶芝写作方式的刻意和做作。人们一般把这种不自然的特质视为爱尔兰人的习惯，有的人甚至觉得，因为他使用简短的词语，所以叶芝的写作具有简明直接的优点，但实际上，在他的诗里不超过六行字，就能找出一个古词或是做作的语调。举个例子：

给我老人的疯狂，
我必须重塑我自己，
直至成为泰门和李尔王，
或是那个威廉·布莱克，
是谁在敲打墙壁，
直到真理遵从他的召唤。

其中第四句里的“那个”属实多余，有一种矫揉造作的感觉，而在叶芝的作品里，除了最优秀的那一部分，这种倾向随处可见。读者总能感觉到一种“古怪”的氛围，一种与19世纪90年代、象牙塔和“受亵渎的绿色牛皮”分不开关系的氛围，也跟拉科姆的画、自由艺术织物，还有彼得·潘的世外乐土有着千丝万缕的联系，而“快乐小镇”只是一个更诱人的例子罢了。不过这不重要，因为总的来说，叶芝并没有受到影响，如果说他有时候用力过度的确令人恼火，但确实让他写出了一些有意思的句子（“寒冷、无足的岁月”“鲭鱼密集的海洋”），像是突然瞧见了隔壁房间姑娘的脸一样，让人不知所措。诗人不使用太有诗意的语言已经成了定律，但叶芝除外：

花了多少个世纪，
那久坐的灵魂，
苦累地测量着，
超越了天上和地下，
超越了听觉和视觉，
或者阿基米德的猜想，
才产生了那种可爱？

他在这里没有避讳使用“可爱”这种俗气的词，而且这个词终究没有破坏诗的优美。但是在他的诙谐短诗和论战诗中也有着同样的倾向，再加上他刻意为之的粗糙感，反而削弱了这两种诗。比如（我凭记忆引用的）他针对那些批判《西方世界花花公子》的批评者写的诗：

一旦午夜从空中袭来，
宦官便跑过地狱，

在每一条拥挤的街道上，
看伟大的胡安策马经过；
望着那健美的大腿，
他们都要自惭形秽。

叶芝内心有一种力量，能让他信手拈来，写出恰当的类比，并且在最后一句给人以强烈的蔑视之感。但即使在这么短的小诗里，也出现了六七个多余的词。如果能再简明一些，这首诗的杀伤力会更强。

梅农先生的书算是叶芝的简短传记，但他最关心的是叶芝的哲学“体系”，在他看来，这一体系为叶芝的诗歌提供了很多主题，而且其作用被远远低估了。他的哲学体系在不同地方有零星阐述，但在《幻象》一书中有详细解释，这本书是私人印刷的，我没读过，但梅农先生引用了其中不少的内容。叶芝对它的起源给出了相互矛盾的解释，梅农先生则暗示说，它表面上所依据的“文件”是虚构的。梅农先生说，叶芝的哲学体系“几乎从一开始就是他精神生活的基础”。在他的诗里，这种哲学体系的影子随处可见。要是没了这个体系，他后期的诗根本读不通。而我们开始阅读这个所谓的“体系”时，立马就被扯进了一个由命运巨轮、旋涡、月亮的周期、轮回再生、灵魂脱壳、占星术等组成的骗局之中。叶芝没有用文字正面回答过自己相信这些，但他确实曾接触过招魂术和占星术，甚至早年做过炼金术实验。抛开叶芝对于月相的繁杂解释，我们似乎已经很熟悉他哲学体系的中心思想了，那就是循环宇宙学说，代表宇宙中的一切事都将一遍又一遍地重复发生。也许人们无权嘲笑叶芝的信仰——因为我相信人们对于魔法都有或多或少的信仰，但我们不应该把它看作无关紧要的小怪癖。

也正是因为梅农先生意识到了这一点，所以他的书才引起了人们的浓厚兴趣。他说："在刚读叶芝的诗，感到那种倾慕和高涨的热情时，大多数人把这种奇幻的哲学当作我们必须为一位具有伟大才学的人付出的代价，因此并不在意。人们并不清楚叶芝的目标。而那些了解他的人，比如庞德，也许还有艾略特，都很赞同他最后的立场。对此的第一反应并不像人们所预料的那样，来自有政治头脑的年轻英国诗人。他们反而感到困惑不解，因为在他们看来，如果叶芝的风格不像在《幻象》中那么刻意或做作，那他在晚年便写不出那些伟大诗歌了。"的确如此，但也正如梅农先生指出的那样，叶芝的哲学思想有着某种不详的含义。

转换成政治术语来说，叶芝的倾向就是法西斯式的。在他这一生的大部分时间里，并且早在法西斯主义广为人知之前，他就已经了解到可以通过贵族途径接触法西斯主义。他无比仇恨民主、现代世界、科学、机械和进步观念，尤其人类平等的观念。他的作品中的许多意象具有封建意味，很明显，他并没有完全脱离平凡人的势利心态。后来，这种倾向变得更加明显，并使他“欣然接受极权主义作为唯一的解决办法。甚至暴力和暴政也不一定是邪恶的，因为人民不知道什么是善恶，就会完全默许暴政……一切都必须从上到下，切不可从下到上”。

叶芝对政治没什么兴趣，也明显厌恶自己曾短暂介入政治生活的经历，但他还是发表过政治声明。他地位太高，不会怀有自由主义幻想。早在1920年，他就在一首著名的诗歌《第二次来临》中预言了我们即将进入的世界。但他似乎对这个世界持欢迎态度，因为那将是一个“等级森严、男权至上、严厉苛刻、高效冷漠”的时代，同时他也受到了埃兹拉·庞德和意大利法西斯作家的影响。对于自己希望并坚信会到来的新文明，他是如此描述的：“这是一个最完整的贵族文明，生活的处处细节都是等级分明的，每位伟人的门口在黎明时都挤满了请愿者，各地的巨大财富都掌握在少数人手中，大众依赖精英，精英依赖皇帝，皇帝本身就是神，并依赖更高级的神，而无论何地，不管是法庭还是家庭，都有着不平等的铁律。”这一声明处处透着天真和势利，令人忍俊不禁。叶芝用一句话“各地的巨大财富都掌握在少数人手中”揭露了法西斯主义的核心现实，然而法西斯主义者所做的全部宣传都是为了掩盖这一事实。纯粹的政治法西斯主义者声称一直在为正义而战，但大诗人叶芝一眼就看出法西斯主义意味着不公正，并大肆鼓吹这一点。但与此同时，他没有看到，如果新的极权文明到来，贵族将不再是统治阶级，至少不是他眼里的贵族。新文明不会由长着范·戴克面容的贵族统治，而是由匿名的百万富翁、光鲜的官僚和凶残的匪徒统治。其他犯了同样错误的人后来都改变了看法，我们也不能笃定地说要是叶芝活得更久，他就一定会追随好友庞德的脚步，即使是出于同情。但我上面引用那段话所表现出来的倾向也很明显，它完全摒弃了人类在过去两千年来取得的成就，这是一个令人忧虑的征兆。

叶芝的政治观点和他对神秘主义的倾向有什么联系？乍一看，对民主的仇恨和凝视水晶球的信仰似乎不应该出现在同一个人身上。梅农先生也只是用只言片语讨论了这个问题，但我们似乎可以做出两种猜测。首先，对那些憎恨“人类平等”这一概念的人来说，认为文明在循环周期中运动的理论是一条出路。如果“这一切事情以前都曾发生过”这个理论是真的，那么科学和现代世界就将被打回原形，人类永远不可能进步。如果下层阶级凌驾他们自己之上，那么也无关紧要，毕竟我们很快就会再次回到专制的时代。有类似观点的人绝非叶芝一个。要是宇宙真像轮子般旋转，那么未来一定是可以预见的，甚至可以预见事件的细节。我们只需要去发现其中的运动规律，就像早期天文学家发现太阳年一样。你要是相信这一点，那就很难不相信占星术或者类似的理论。

战前一年，我翻阅了一份军官们经常阅读的法国法西斯周刊《格兰戈瓦》，在里面，我发现至少有三十八个宣传通灵大师的广告。其次，神秘主义本身就带有这样一种观念，即知识必须是一种秘密，仅限于一小群同修者去分享。法西斯主义也有同样的倾向。那些害怕普选制度、大众教育、自由思想、女性解放的人一开始就会偏爱秘密教会。法西斯主义和魔法之间还有另一种联系，那就是两者对基督教道德准则的深刻敌意。

毫无疑问，叶芝对于自己的信仰总是举棋不

定，在不同时期持有许多不同观点，其中有的开明，有的迂腐。梅农先生重复了艾略特评价叶芝的说法，说他是有史以来成长时期最长的诗人。但有一件事似乎一直没变，至少在我的记忆里，他的所有作品中都对现代西方文明保持着仇恨，并渴望回到青铜时代或中世纪。所有此类思想家都喜欢赞美无知，叶芝也不例外。在他的著名戏剧《沙漏》中，小丑是切斯特顿式的，是“上帝的小丑”“天生的无辜者”，总是比智者更加智慧。剧中的哲学家死前知道他一生的思想都被浪费了时（我再次凭记忆引用）：

> 世界的潮流改变了方向，
> 我的思绪随之进入阴云密布、雷鸣般的春天，
> 这就是它的山间源头；
> 啊，让人疯狂，
> 我们所做的一切都是白费，
> 我们的思虑不过是微风一阵。

多美的词句，却隐含着深刻的蒙昧主义和反动主义，因为如果一个乡野白痴真的比一个哲学家聪明，那人们最好从来没发明出字母表来。当然，所有对过去的赞扬在一定程度上都是感伤的，因为

我们不生活在过去。穷人也不会赞美贫穷。在你对机器嗤之以鼻之前，机器已经将你从劳苦工作中解放了出来。这也不是说叶芝渴望更原始、更阶级化时代的心不够真诚。但其中有多少是因为纯粹的势利，有多少是出于叶芝自身作为贵族阶层贫困分支的出身，那就是另一个问题了。他的蒙昧主义观点和他的语言“古怪”倾向之间的联系还有待研究，梅农先生也几乎没有提及这一点。

这本书很短，我也很希望梅农先生能接着本书结束的地方，再往下写一写关于叶芝的事。“如果我们这个时代最伟大的诗人都在期待法西斯主义时代的到来，那似乎不是什么好兆头。”他在最后一页说道，并就此作罢。这的确是令人担忧的征兆，因为它并不是一个独立的现象。总的来说，我们这个时代最优秀的作家在倾向上是反动的，尽管法西斯主义没有提供任何真正回到过去的机会，但比起等待其他机会，那些迫不及待想要回去的人更愿意接受法西斯主义。但是，正如我们在过去两三年中所见到的那样，其他的可能性的确存在。法西斯主义和文学知识分子之间的关系急需我们去研究，叶芝很可能是一个突破口。像梅农先生这样的人最适合研究叶芝，因为他既可以把诗人当作诗人对待，也明白一位作家的政治和宗教信仰不是一笑置之的小事，而是可以在他们作品哪怕最细微的细节上留下印记的东西。

1943年

如此欢乐的童年

（一）

到了圣塞浦里安学校后不久（不是刚到，而是到了一两个礼拜后，我似乎刚刚适应了学校的日常生活），我开始尿床了。当时我已经八岁了，而我至少在四年前就已经改掉这个习惯了，所以这是一种倒退行为。我相信，如今人们会认为在当时那种情况下，尿床也在情理之中。对离开家到了陌生环境的孩子来说，这是一种正常反应。然而在当时，这种行为被看成一种相当恶心的可耻行为，孩子是在故意犯错，正确的矫正方法就是揍一顿。对我来说，不需要别人告诉我说这种行为是可耻的。我怀着一种从来没有过的虔诚，夜复一夜地祈祷：“主啊，求求你了，请不要让我尿床了！噢，求求你了，主啊，请不要让我尿床了！”但收效甚微。有几夜我还会尿床，有几夜又不会。这是不由自主的行为，完全没有意识。严格地说，并不是你主动去这么做的，只是在早上醒来时发现床单已经湿透。

在犯了两三次后，我被警告再有下次的话就要挨揍了。不过这个警告是以一种非常奇怪的方式拐弯抹角地传达给我的。一天午后，我们喝完茶，陆续离开时，坐在一张桌子一头的校长夫人威尔克斯太太正在和一位女士聊天。这位女士我并不认识，只知道她是那天下午的访客。她长得像个男人，令人望而生畏，身穿一套女骑装——或者只是我将其当成了女骑装。我正要离开时，威尔克斯太太把我叫了过去，像是要把我介绍给那位访客。

威尔克斯太太的绰号叫“翻脸”，在后面提到她时我就用这个绰号了，因为想起她的时候，我很少会想到其他称呼。（不过，在公开场合，大家都叫她姆妈，这个词被公立学校的男生用来称呼舍监妻子的，可能是“夫人”这一词的变体。）她长得四四方方，体格健壮，深红的两颊看上去很结实。

头顶扁平，眉弓突出，深陷的眼睛中流露出多疑的神情。尽管许多时候她假装很热心，用一些男人的俗语（诸如“老兄，加把劲儿！”之类的话）鼓励学生，甚至会用教名称呼学生，但她的眼睛里总会流露出一种焦虑、指责的神情，让人很难坦然面对她而不感到心虚，即使你并没有做什么特别亏心的事。

“就是这个小男孩，”翻脸说着，把我指给了那位陌生女士，“他每天晚上都会尿床。如果你再尿床的话，知道我会怎么做吗？”她回过头来补充道，“我会让六年级的学生揍你一顿。”

陌生女士的脸上露出一副无以名状的吃惊表情，大声说：“我认为就该这样！”在一个人童年的日常经历中，总有一些对事物胡乱甚至近乎疯狂的曲解，而当时在我的脑子里就出现了一个这样的误会。六年级是一帮高年级学生，他们由于各自的“性格”而被挑选出来，被准许可以打低年级学生。当时我还没听说过他们，所以把“六年级”听成了“佛姆太太[①]”。我以为指的就是这位陌生女士，也就是说，我以为她的名字是佛姆太太。这不大可能是个名字，但小孩对这种事情没有什么判断

① 六年级英文为the Sixth Form，作者听成了Mrs. Form。

力。因此我误以为是学校委派她来打我。对于把这件事情交给一个偶然来访且和学校毫无关系的人，我并没有感到奇怪。我只是想当然地认为这位“佛姆太太”是一个纪律执行者，非常严厉，喜欢打人（不知怎的，她的外表似乎也证实了这点）。当时我的脑海中立刻浮现出可怕的一幕：她手执皮鞭，穿着全套的骑马服装前来执行这一任务。直到今天，我仍然能回忆起当时的感受，一个穿着条绒灯笼裤的圆脸小男孩站在两个女人面前，因为羞耻几乎昏倒过去。我说不出话来，我感觉如果“佛姆太太”打我的话我可能会死。但当年我最大的感受还不是害怕，甚至不是怨恨，而仅仅是感到羞愧，因为又多了一个人——而且是一个女人——知道了我那难以启齿的毛病。

没过多久，我忘了是怎么弄明白并不是由“佛姆太太”负责打我，也想不起来当天晚上我是不是又尿床了，反正我很快又“水漫金山”了。唉，我内心的那种绝望，那种在多次祈祷、痛下决心后仍然不见成效的极度委屈感，又被湿冷的床褥唤醒。我哪里来得及掩藏，一位名叫玛丽的女舍监来到我的宿舍，她棱角分明，表情严肃，女舍监特地检查了我的床铺。她揭开被褥，然后直起腰来，那句可怕的话如同雷声一样从她嘴里蹦了出来：

“早餐后去校长那儿报到！”

我之所以把“报到”大写，是因为这个词出现在我脑海中时就是这样的感觉。我不知道在圣塞浦里安的最初几年，这个词在我耳际响过多少次。大部分时间，它意味着挨揍。每次听到这个词，总会给我一种不祥的预感，就好像执行死刑时沉闷的鼓声或下达的命令。

我去校长那里报到的时候，在书房外的前厅里看到翻脸正在一张闪亮的长桌前忙活。我经过时，她那令人不安的目光落到了我的身上。校长“黑炭”长着一对圆圆的肩膀，模样蠢得出奇。他个子不高，步态蹒跚，还长着一张胖乎乎的脸，活像一个发育过快的婴儿，总是乐呵呵的。这家伙当然知道我为什么要去他那儿报到，他已经从橱柜里拿出了一条带骨柄的马鞭，但作为惩罚的一部分，我必须亲自说出自己犯的错。等我说完，他傲慢地对我做了一番简短的训话后，就揪着我的后脖颈把我摁倒，开始用马鞭打我。他有一个习惯，就是一边揍学生，一边继续训话，我还记得他骂我“你——这个——脏——小子”，一字一顿配合着鞭子的节奏。这顿打倒不是很疼（可能因为这是第一次，他下手并不重），我出去时感觉好多了。挨揍时不觉得疼本身就是一种胜利，也抹去了一部分因尿床带来的耻辱，我甚至不小心露出了微笑。几个小男孩正在前厅的过道里闲晃。

“你挨打了吗？”

“打得不疼。”我骄傲地说。

翻脸听到了。她立刻在我身后尖叫起来：“回来！马上回来！你刚才说什么？”

“我说打得不疼。”我结结巴巴地说道。

“你怎么敢这么说？你觉得这样说合适吗？进去，重新去校长那儿报到！”

这次黑炭动真格的了。他持续打了我五分钟左右，我又是害怕，又是震惊，最后连马鞭都被打断了，骨柄飞到了房间那头。

“看看你都让我做了什么！”他举着断了的鞭子，怒气冲冲地说。

我倒在椅子上，有气无力地啜泣着。我记得这是我整个少年时代唯一一次因为挨打而真的掉眼泪，而且令我感到奇怪的是，我甚至不是因为疼才哭。第二次挨的打也不重。我似乎被害怕和羞愧的感觉麻醉了。我之所以哭，一部分原因是他们期待我这么做，另一部分原因是我的确感到十分懊悔。但还有一部分原因，那是一种童年时特有的、无法言说的深层次的痛楚：一种凄凉、孤独无助的感受，感觉自己不仅被禁锢在一个充满敌意的世界里，也在一个善恶并存的世界里，要我遵守里面的规则，实际上是不可能的。

我知道尿床——一，不好；二，这种事并不受我控制。第二点是我自己意识到的，而第一点我也从没质疑过。因此这种情况是有可能的：一个人会在没有察觉的情况下犯下过错，并非他想这么做，但又无法避免。所谓的过错不一定是你做了什么，也可能是你身上恰巧发生了什么事情。我不是说这些想法是在这个特殊的时刻，在被黑炭鞭打后才作为一种新的感受突然闪现在我脑海中的，早在离家之前，我就早已有所察觉，因为我早期的童年生活过得并非十分快乐。但不管怎样，这是我在少年时期得到的深刻且持久的教训：我身处的世界并不允许我做一个听话的孩子。这两次鞭打是我人生的一个转折点，因为它使我第一次清楚地认识到我被丢入的环境是多么冷酷无情。生活比我想象的更加可怕，而我也比自己以为的更加恶劣。总之，我坐在黑炭书房的椅子边上哭泣，他对我大发雷霆时，我甚至没法儿沉着地站起来，由此我深信自己不仅犯了错，而且既愚蠢，又软弱，我不记得以前有过这样的感受。

通常对某个时期的记忆会随着一个人的成长而逐渐淡去。人会不断获知新的事物，而旧的记忆会褪去，让位于新的见识。二十岁时，我可以用一种现在完全不可能有的准确性来描写我的学生时代。但也有一种可能，就是经过一段时间的沉淀，一个人的记忆会变得更加清晰，因为你会以一种崭新的目光去看待过去，可以跳出来，因此可以从一大堆原本无法区分的事情当中注意到某些事实。

从某种意义上说，我一直记得两件事情，但直到最近我才觉得既奇怪，又有趣。第一件事情就是第二次挨揍对我来说似乎公平合理。刚挨完一顿揍，因为非常不明智地向别人表示打得不疼，所以紧接着又被狠揍了一顿，这顿打挨得不冤。神灵生性嫉妒，所以当你有好运的时候，不要告诉别人。第二件事情，我把断裂的马鞭看作自己的罪过。我仍然能够想起我看到地毯上的骨柄时的情形，感觉自己做了一件没有教养的蠢事，弄坏了一件贵重物品。是我弄坏了马鞭，黑炭是这样告诉我的，我也是这么认为的。对这桩罪行的认可不知不觉在我的记忆中存留了二三十年。

关于尿床的事就写到这里。不过还有件事情必须说出来，那就是我没再尿床了，至少我后来只尿了一次，然后又被揍了一顿，而自那以后，这件麻烦事就结束了。由此可见，也许这种野蛮的治疗方式确实管用，但需要付出沉重的代价，这一点我毫不怀疑。

（二）

圣塞浦里安是一所既昂贵又势利的学校，而且在我看来，它正变得越发势利，也越发昂贵。它与哈罗公学有着特殊关系，但在我就读期间，升入伊顿公学的学生却越来越多。他们当中大多数学生来自有钱人家，但总体而言，他们并非贵族家庭，而是居住在伯恩茅斯或者里士满的灌木环绕的大房子里，他们有汽车和男管家，却没有田庄。还有几个来自国外的学生，其中有的来自南美，有阿根廷牛肉大亨的儿子，有一两个俄国人，甚至有一个暹罗王子，或者某个被称为王子的人。

黑炭有两大野心：一是招徕贵族子弟入学，二是培养学生考取公学赢得奖学金，尤其是伊顿公学的奖学金。在我快要离开的时候，他的确找来了两个真正拥有英国贵族头衔的学生。我记得其中有一个流着口水的小可怜，像个白化病人，一双视力不佳的眼睛总是往上看，长长的鼻尖上好像总挂着一滴摇摇欲坠的鼻涕。黑炭跟别人说起这两人时，总不忘提起他们的头衔。在他们刚到的头几天，他还曾当面称呼他们为勋爵。有访客来学校参观时就更不用说了，他总会想方设法让客人注意到他们。我记得有一次，浅色头发的小男孩吃饭时突然呛了一下，把鼻涕流到了盘子上，那副模样简直让人不忍直视。要是换成别的普通学生，不仅会被骂成肮脏的小畜生，还会被立马赶出餐厅。但黑炭和翻脸总以一种“男孩总归是男孩”的态度一笑了之。

家境非常优渥的学生或多或少会不加掩饰地受到关照。这所学校还保留着一丝维多利亚时代“私塾”的味道——招收“特别寄宿生”[①]，后来我在萨克雷的书里看到这种学校时，立刻看出了其中的相似之处。富人家的学生上午有牛奶和饼干，每个礼拜还会上一两次骑术课，翻脸像母亲一样照顾他们，用教名称呼他们，而且他们从来不会挨打。除了来自南美的学生——他们的父母离得太远，学校没什么顾虑，我估摸黑炭压根儿就没揍过父亲年收入超过两千英镑的学生。不过有时他愿意为了学校的声望而牺牲经济利益。他偶尔会做一些特殊安排，大幅减免学费，借此招收那些有可能获得奖学金、为学校增光的学生。我就是这样进入圣塞浦里安的，因为我的父母负担不起这所学校昂贵的学费。

起初我并不知道学费被减免的事，直到十一岁左右的时候，翻脸和黑炭开始拿这事训斥我时，我

① 一般指出高价住在校长家中的寄宿生。

这才知晓这事。入学后的两三年里，我接受的是普通教育，而后在我开始学希腊文不久（我们八岁学拉丁文，十岁学希腊文），我被换到了奖学金班，这个班的大部分古典著作课由黑炭亲自教授。在接下来的两三年里，像为圣诞节准备的填鹅一样，奖学金班上的学生被无情地灌进大量知识。这灌输的是哪门子知识！有天赋的学生在十二三岁时就要参加一场决定未来前途的选拔考试，这无论如何都算不上是好事。另外，的确有一些预备学校，没有教学生用分数衡量一切，却仍然有学生获得奖学金，然后去了伊顿、温彻斯特等学校。

坦白来讲，我们在圣塞浦里安的学习就是在为一场骗局做准备。为了给主考官留下学识渊博的印象，我们的任务就是只学习某一类知识，而尽可能不让其他内容增加大脑的负担。没有考试价值的科目——比如地理——就几乎完全被忽略了。如果你是“古典班”的学生，数学也会同样被忽略。不管什么形式的科学课，就从来没有教过，事实上，科学这门功课是被完全鄙视的，甚至压根儿不允许学生对博物学有一丁点兴趣。哪怕在课余时间，我们也被鼓励去读那些只跟“英文试卷”有关的书籍。尽管作为主课的拉丁文和希腊文颇受重视，但也是被刻意地以一种华而不实的方式传授给我们。我们从来没有通读过任何一个希腊或拉丁作家的著作，只会读其中的一些片段，而之所以选择这些片段，是因为它们有可能会成为“即席翻译”的试题。在参加奖学金考试前的一两年里，我们的大部分时间在做历年的奖学金考卷。黑炭从各个主要的公学那里收集了成捆的试卷。不过最过分的要数历史课了。

当年有一场无聊的年度竞赛，叫哈罗历史大奖，许多预备学校都会参加。每年赢得这个竞赛是圣塞浦里安的传统，这没什么可奇怪的，我们会把举办竞赛以来的所有试卷都熟记一番，而出题的范围毕竟是有限的。这些试卷里尽是一些愚蠢的问题，你只需要回答出提到的人是谁：谁抢劫了穆斯林贵妇？谁在敞篷船上被砍了头？谁趁辉格党人洗澡时偷走了他们的衣服？几乎所有的历史课都是这种水平。历史变成了一系列毫无关联、莫名其妙，听起来却又重要的事件，除了那些响亮的短语词句，从来没有人跟我们解释过它们为什么重要。迪斯雷利[①]带来了和平和荣誉。克莱夫[②]为他的节制

① 即本杰明·迪斯雷利（Benjamin Disraeli，1804—1881），著名的英国保守党领袖，两次出任英国首相，政治家兼小说家。

② 即克莱夫·贝尔（Clive Bell，1881—1964），英国形式主义美学家，当代西方形式主义艺术的理论代言人。

而感到吃惊。皮特[1]呼吁让新世界来恢复旧世界的平衡。还有各种日期和记忆的诀窍。（比如，你知道吗，“一个黑女人是我姨妈，她的房子在谷仓后面”这句话的首字母就是玫瑰战争中一系列战役的首字母。）翻脸“教”高年级学生历史，她就非常热衷这类事情。

我还记得当年进行日期问答时的热烈场面，热心的学生们在座位上时而起身，时而坐下，急切地喊出正确答案，但对口中喊出的这些神秘事件却毫无兴趣。

“1587年？”

“圣巴塞罗缪大屠杀！”[2]

“1707年？”

“奥朗则布之死！”[3]

---

① 即小威廉·皮特（William Pitt the Younger，1759—1806），英国18世纪晚期、19世纪早期的英国政治家，曾两度担任英国首相，是英国历史上最年轻的首相。

② 法国天主教暴徒对新教徒胡格诺派的暴行，始于1572年8月24日，持续数月。由于胡格诺派不妥协的强硬态度，该事件成了法国宗教战争的转折点。

③ 奥朗则布（1618—1707）是莫卧儿帝国的第六位君主，曾被赞誉为“帝位之荣缀”。1707年死于阿马德纳加尔，享年89岁。在他死后，莫卧儿帝国逐渐分崩离析。

“1713年？”

“乌得勒支和约！”①

“1773年？”

“波士顿倾茶事件！”②

“1520年？”

“哦，夫人，求你了，夫人……”

“求你了，夫人，求你了！让我说，夫人！”

“好吧！1520年？”

“金缕地会议！”③

诸如此类的问题。

不过历史和其他次要的课目多少还有点好玩的地方。“古典名著”课才真的让人喘不过气来。现在回想起来，我才意识到我当时的用功程度是后来再也没有过的，可在那时，好像怎么努力也达不到要求。我们坐在光洁的长桌前，桌子是用颜色非常

---

① 1713年4月—1714年9月，法国、西班牙和反法同盟国为结束西班牙王位继承战争分别签订的一系列条约。首批条约在荷兰的乌得勒支签订，故名。

② 1773年12月16日，由波士顿“自由之子”领导的示威者们乔装成印第安人，将英国东印度公司运来的一整船茶叶倾入波士顿湾，以反抗英国国会于1773年颁布的《茶税法》。

③ 1520年6月，英王亨利八世和法王弗兰西斯一世在法国加莱附近会见的地点。

浅的硬木做成的，黑炭在一旁不停地鼓动、威胁、规劝，偶尔开个玩笑，极少数的时候夸奖两句，大部分时间总是逼我们打起精神，集中注意力，就像为了让一个昏昏欲睡的人清醒，不停地用大头针扎他一样。

“快点，你这个小懒鬼！加把劲，你这个不中用的懒小子！你最大的麻烦就是天生太懒了。你吃得太多，这就是你懒惰的原因。你就知道吃，都吃撑了，来这里上课的时候都快睡着了。加油，再加把劲。你根本没有思考。你都不会动脑子。”

他会用银色的铅笔敲学生的头，我记得那支笔大小跟香蕉差不多，它的重量足以在学生们头上敲出一个包。或者他会揪学生耳朵周围的短头发。他有时还会把脚伸到桌子底下踢我们的小腿。有几天，好像你怎么做都不对，他就会说：“那么，好吧，我很清楚你想要什么。一上午你都在逼我这么做。来吧，你这没用的小懒鬼，到我的书房来。”接下来只听到“啪啪啪”的声音响起，被打完的学生带着红肿的伤痕和剧烈的疼痛回来继续上课。后面几年，黑炭不再使用马鞭，而是改用一根细藤条，打起来更疼。虽然这种事情不经常发生，但我记得十分真切，自己曾不止一次地在背一句拉丁文的时候被带出教室，挨完打回来马上继续接着刚才那句往下背。如果你以为这种方法不管用，那你就错了。这种做法在某些方面很有效。说真的，如果没有体罚，我怀疑古典著作这门课有没有或者能不能被成功地传授给学生。学生们自己也很相信体罚的功效。有个叫比查姆的男生，可以说没什么脑筋，但他显然很想获得奖学金。黑炭像对待一匹摔倒的马一样，不停地鞭笞他朝着目标前进。后来他去参加了阿平厄姆的奖学金考试，回来的时候自知没考好，一两天后就因为懒惰而被狠狠揍了一顿。“要是考前被这么揍一顿就好了。”他难过地说。他说这话让我看不起他，但又非常能理解。

奖学金班上的学生并没有被一视同仁。对有钱人家的孩子来说，节省学费没那么重要。因此黑炭就会拿出类似父亲那样的态度去鼓励他们，开开玩笑，戳一下肋骨什么的，也可能偶尔会用铅笔敲一下头，但绝不会揪他们的头发或者鞭打他们。受苦的是那些“聪明”的穷学生。我们的头脑就是金矿，他投下去钱，就必须从我们身上榨出油水来。在理解我和黑炭之间的财务关系之前，他们就已经让我明白了我和其他学生的不同地位。实际上，学生们被分成了三个等级。其中少数学生不是出身贵族，就是家境非常殷实；大部分学生出生于郊区的普通富裕家庭；剩下还有几个像我这样的无名小卒，不是牧师的儿子，就是驻印度的文职人员的儿子，要么就是生活窘困的寡妇的儿子之类的。这些穷学生是不允许参加像射击和木工这类“额外课程”的，甚至会因为衣着和用品而被羞辱。比如，我从来没得到过一根属于自己的板球棒，因为“你的父母负担不起”这种说辞贯穿了我的整个学生时代。

在圣塞浦里安，我们不允许把带来的钱留在身边，开学第一天就要“上交”，只有偶尔在监督下才可以使用。即使名下有足够的钱，可以买像飞机模型这类昂贵的玩具，但我和同样处境的孩子还是会受到限制。特别是翻脸，似乎有意向穷学生灌输一种卑微的观念。我记得她在一些学生面前这样说过：“你以为这种东西是像你这样的孩子能买的吗？”而且她还在全校学生面前说：“你们知道自己会在贫穷中长大，不是吗？你们的父母并不富裕，你们要懂事点，不要自不量力！”我们每个礼拜会有一些零用钱，是用糖果代替的，由翻脸从一大张桌上分发给我们。富翁家的孩子一个礼拜有六便士，普通孩子有三便士。我和另外一两个孩子只有两便士。这就是一种地位的象征，因为我的父母并没有要求学校这么做，每个礼拜省一个便士对他们来说没什么必要。然而更糟糕的是关于生日蛋糕的事情。通常每个学生在生日那天会得到一个插有蜡烛、加了糖霜的大蛋糕，在吃茶点时分给全校一起吃。蛋糕是按惯例提供的，费用由学生的父母承担。但我的生日从来没有蛋糕，尽管我的父母肯定很愿意付这笔钱。我每年都不敢去问，只是可怜巴巴地希望今年的生日会见到蛋糕。有一两次，我甚至轻率地向同伴假装会有蛋糕，然而吃茶点的时候还是没有，这让我更不受待见了。

我很早就意识到，除非我赢得公学的奖学金，否则我是不会有前途的。要么拿到奖学金，要么必须在十四岁时离开学校，成为黑炭常挂在嘴边的“一年挣四十镑的办公室勤杂工”。处在我的境况中，相信这种说法是很自然的事。说实话，在圣塞浦里安普遍有一种看法：除非你能升入“好的”公学（大概只有十五所学校可以达到这个标准），否则你这辈子就完了。考试的时间一天天临近，十一岁、十二岁，然后就到了命运攸关的十三岁。很难让一个成人明白我们在这个过程中所承受的压力，这种硬着头皮去迎接起决定性“战斗”的可怕心情。有大约两年的时间里，考试这件事就没离开过我的脑海。它总出现在我的祷告里：不管是得到了大块的许愿骨，还是捡到了马蹄铁，或者是对着新月七鞠躬后，抑或哪儿也没碰地穿过了许愿门，只要能许愿，我都会自然而然地把这个愿望用在考试上。[1]然而令人费解的是，我还被另一种不想学习的冲动折磨着。有时候一想到还有那么多功课等着我去做，心里就感到厌烦，面对最基本的难题，我就像动物一样不开窍。假期里，我也一样没心思学习。有些奖学金班的学生会额外从一位叫巴切勒的先生那里得到辅导，这位讨人喜欢的先生有着旺盛的毛发，穿着松松垮垮的套装，住在城里一处典型的单身"窝"里——墙上摆满了书，空气中充满了浓重的烟草味。假期里的每个礼拜，巴切勒先生都会从一摞书里摘录出一些片段送给我们去做。但不知为什么，我不想做这个作业。看到桌上放着的白纸和黑皮的拉丁文词典，我意识到自己在逃避一项简单的任务，闲暇时也无法安心，但无论如何，我就是不想开始。假期结束时，我只能给巴切勒先生送去一份50—100行的作业。毫无疑问，还有一部分原因是因为黑炭和他的藤条不在跟前。但开学后，我还是会有稀里糊涂使懒的时候，感到越来越丢脸，甚至变得死要面子，完全知道自己做得不对，但就是不能或者说不愿改正——不知道用哪个词更准确。然后黑炭和翻脸就会派人把我叫去，这就不是打一

① 许愿骨、马蹄铁、对着新月鞠躬以及许愿门等都是跟许愿有关的一些迷信说法。

顿的事了。

翻脸会恶狠狠地盯着我。（她的眼睛是什么颜色的？我印象中是绿色，可实际上没有人的眼睛是绿色的，也许是淡褐色的吧。）她开始用一种特有的方式，对我又是哄骗，又是吓唬，她这一套总能突破别人的防备，击中你善良的本性。

“你也太不成体统了，不是吗？你一个礼拜接一个礼拜、一个月接一个月地浪费时间，对得起你的父母吗？你想把所有机会都浪费掉吗？你知道你的父母并不富有，对吧？你知道他们不能像别的父母一样花钱供你读书。如果你拿不到奖学金，他们怎么送你去公学念书？你知道你的母亲有多为你骄傲吗？你想辜负她对你的期望吗？”

“我觉得他不想上公学了。”黑炭会对着翻脸说，假装我不在跟前，“他已经放弃这个念头了。他就想当个一年挣四十镑的小子。”

我的胸脯剧烈地起伏，鼻子一阵发酸，一种想哭的难受感觉向我袭来。这时翻脸就会打出她的王牌：“你觉得你的表现对得起我们吗？我们为了你做了多少事，你知道我们为你操了多少心，是不是？”尽管她从来没有直言不讳地说过，但我知道她已经看穿了我。“这些年来我们让你在这儿上学，甚至假期还让你在学校待一个礼拜，好让巴切勒先生辅导你。我们不想把你赶走，你知道的，但是我们不能把一个学生留在这里，每个学期光知道吃饭。你的这种行为可算不上老实，对吧？”

我只能根据她的问题可怜巴巴地回答“不，夫人”或者是“是的，夫人”，除此之外，就没别的话可说了。我这样做显然是不对的。有时候眼泪会忍不住从眼角流出，顺着鼻子滑落下来。

翻脸从来没有直白地提起过我没付学费这件事情，无疑是因为像“我们为你做了多少”之类含糊的说法更有情感号召力。而黑炭根本不在乎学生是否爱戴他，说起话来更为伤人，言辞和往常一样傲慢。他时常将“你的生活全仰仗于我的慷慨”这句话挂在嘴边。我在挨揍时至少听他这样数落过我一次。不得不说，这样的情况并不常见，而且其他学生也在场的情况只有一次。在公开场合，他们会提醒我很穷，我的父母这也“付不起”，那也“付不起”，但确实没人说过我寄人篱下。只有在我的学习变得特别差的时候，他们才会像拿出刑具一样，说出这个无可争辩的事实来折磨我。

要想理解这些话对一个十岁或者十二岁孩子产生的影响，你得知道，孩子可能对主次观念没有概念。孩子可能极为自我，也很叛逆，但他没有积累起足够的经验可以让他有信心做出自己的判断。

总之，别人说什么他都会接受，他对周围大人的知识和力量的笃信到了一种非常荒诞的程度。我举个例子。

我在前面说过，在圣塞浦里安，我们不能保管自己的零用钱。不过还是有办法留下一两个先令，有时我会偷偷摸摸买些糖果，把它们藏在操场围墙上的常春藤里。有一天我被派去办事，趁机跑到学校一英里外的一家糖果店买了一些巧克力。我从商店出来就看到对面人行道上有个小个子男人，他长着一张尖刻的脸，似乎正使劲地盯着我的校服帽子看，一种可怕的感觉瞬间席卷了我。这个人的身份一目了然，他是黑炭派来的密探！我装作漫不经心地转过身，两条腿立马不受控制了，我笨拙地跑起来。跑到下一个转角时，我强迫自己放慢脚步，跑就代表心虚，而且很显然，镇上其他地方也有密探。那天剩下的时间，甚至到了第二天，我都在等着被叫去书房，但奇怪的是一直没人来叫我。私立学校的校长居然会派出大量的密探，我似乎并不感到奇怪，我甚至没想到安排密探是需要付钱的。我以为校内校外的成年人会自愿合作以防我们破坏规矩。黑炭手眼通天，自然到哪儿都有他的密探。这段经历应该发生在我十二岁以后了。

我讨厌黑炭和翻脸，内心充满了悔恨，但我

从没怀疑过他们的判断。我相信了他们说的：要么考上公校，获得奖学金，要么只能在十四岁时去做办公室的勤杂工。这是我无法避免的选择，我必须面对。而当黑炭和翻脸说他们是我的赞助人时，我也相信了他们的说法。当然现在我知道，从黑炭的角度来讲，我是一项不错的投资，他把钱投在我身上，是指望我能给学校带来声誉上的回报。如果我像某些本来有前途的学生那样“误入歧途”，我想他一定会干脆利索地把我打发掉。事实上，后来我的确为他赢得了奖学金，他自然也在学校的简章里充分利用了这一点。从根本上说，学校是一个商业机构，孩子很难明白这一点。他认为学校就是为了教育他而存在的，校长管教他或是为了他好，或是有威吓别人的癖好。翻脸和黑炭选择对我“友好”，他们对我的“友谊”包含了鞭打、斥责和羞辱的成分，这都是为我好，为了不让我整天呆坐在办公室的硬板凳上。这是他们的说法，而我深信不疑。因此，我显然欠了他们很大的人情。但我一点也不感激他们，我很清楚这一点。相反，我恨这两个人。我不能控制，也无法对自己隐瞒我的真实感受。但憎恨帮助自己的人是不道德的，不是吗？我是被这样教育的，我也是这样认为的。孩子会无条件地接受别人告诉他的行为准则，哪怕他违反了这些准则。从我八岁甚至更小的时候起，那种负罪感就总是如影随形。即使我努力表现得冷漠无情或者桀骜不驯，那也是在尽力遮掩我内心的羞耻和沮丧。整个少年时代，我都深深地确信自己不够好，我是在挥霍时光，浪费天赋，我的行为不止愚蠢，还很邪恶，而且忘恩负义。但这一切看上去似乎无法避免，因为我生活在像万有引力定律一样不容置疑的规则之中，而我却无法遵守这些规则。

（三）

没有人在回首自己的学生时代时，能真的说自己过得一点也不快乐。

我对圣塞浦里安有很多不好的记忆，但它也给我留下了一些美好的回忆。有时我们会在夏日的午后去远足，一路上感觉非常美妙。我们穿过英格兰南部的丘陵地带，走到贝林盖普村或者比奇角，然后在布满巨石的大海里游泳，回去时，身上到处是划伤。更妙的是，在仲夏夜，我们会获得特殊待遇，不会像往常一样被赶去睡觉，而是走到操场上，在长长的暮色中漫步，最后大约在九点的时候扎进水里畅游一番。夏日的清晨，我们会早早醒来，这样便可以挤出一个小时看一些自己喜欢的书（伊恩·海伊、萨克雷、吉卜林和赫伯特·乔治·威尔斯是我少年时代最喜欢的几位作家），当别人还在睡觉时，在洒满阳光的宿舍里读书真是一种享受。另外，尽管我一点也不擅长打板球，但一直到差不多十八岁时，我对这种运动都十分痴迷。还有一件给我带来乐趣的事是养毛毛虫——光滑的绿紫色猫蛾、惨绿色的白杨鹰蛾、像中指一样长的女贞天蛾，这些标本花六便士就能在镇上一个商铺里偷偷买到。而当老师去散步时，我们就有足够的时间避开他，兴奋地跑去丘陵那里的蓄水池中打捞有着橙色肚皮的巨蝾螈。外出散步自然会碰到令人着迷的事情，然后又会像被绳子牵着的狗一样，在老师大喊一声后赶紧跟上，这成了我们学校生活的一大特色，也在很多孩子心中竖立起一种根深蒂固的信念，那就是最想做的事情往往可望而不可得。

极少数的时候——也许一个夏天会有那么一次，我们可以完全逃离学校那种兵营式的氛围，副校长布朗得到准许，下午可以带一两个学生去几英里外的一个公共用地去捕蝴蝶。布朗的头发已花白，面色像草莓一样红润，他精通博物学，擅长制作标本和石膏模型，放幻灯片这样的事情也不在话下。在所有和学校相关的成年人中，他和巴切勒先生是仅有的两个我既不讨厌，也不害怕的人。有一次他让我到他房间，偷偷给我看了藏在床下箱子里的一支电镀左轮手枪，枪把上还镶有珍珠，他把这把枪叫作“六发枪”。啊，偶尔跟他一起外出是多么快乐！沿着一条无人的铁路坐两三英里的火车，一下午举着绿色的大网跑来跑去，漂亮的大蜻蜓在草丛上空盘旋，有些骇人的杀虫瓶散发出难闻的气味，以及在酒馆里喝下午茶时吃到的大块浅色蛋糕！这一切的秘诀就在那趟火车之行，它似乎让我们和学校之间有了某种神奇的距离。

尽管翻脸不会真的制止，但她一向反对这类外出。“你们是去捉小蝴蝶了吗？”在我们回来后，她会故意用小孩的语气恶毒地嘲笑一番。以她的角度来看，博物学（大概她会称之为“捉虫子”）是一种幼稚的消遣，应该及早让学生们知道这种做法会被人嘲笑，好让他们不再沉迷其中。而且博物学多少让人感到有点不入流，通常参加这类活动的是一些戴着眼镜、不擅长运动的学生，它对考试也没有帮助，而最重要的是它跟科学相关，这会危及古典教育。接受布朗的邀请需要鼓足勇气才行。我多么害怕听到跟“小蝴蝶”有关的嘲讽！然而布朗从建校初期就来到了这所学校，在某种程度上，他已经有了自己的独立性，他似乎只和黑炭打交道，经常不搭理翻脸。碰上这两个人都不在的时候，布朗就会担起代理校长的职责，在早晨做礼拜时，他给我们读的不再是指定的日课，而是《伪经》[1]上的故事。

从童年时期直到我二十岁左右，我的大部分美好记忆在某种程度上都和动物有关。而且现在回想起来，就圣塞浦里安而言，我所有的美好记忆都和夏天有关。冬天，我们不住地流着鼻涕，手指冻得扣不上衬衫的扣子（尤其令人痛苦的是礼拜天要戴伊顿领），还有日常的噩梦——踢足球，在寒冷泥泞的场地上，滑溜溜的足球迎面飞来，还会被大男孩用膝盖顶，用脚踩。我不喜欢冬天还有一个原因，大约在十岁后，一到冬天，尤其在上学期间，我的身体一直不怎么好。除了支气管有毛病，在很多年后还发现我的肺叶上也有损伤。因此我不仅患上了慢性咳嗽，而且跑步对我来说也成了一种折磨。但在那个时候，人们管这叫“气喘”或者“胸病”，认为这个毛病要么是想象出来的，要么就是因为饮食过量导致的精神失常。“你喘起来跟台手风琴似的，”黑炭站在我座位后面不满地说，“就是因为你老是没完没了地吃东西。”我的咳嗽被他们说成“肚子咳嗽”，听上去就令人作呕，活该被

① 指纪元前后数百年间，假托圣经人物名义写成的犹太教卷籍。内容包括历史故事、圣经人物传奇、启示文学、智慧文学、赞美诗集等。

骂。而他们的治疗办法就是让我使劲跑步，他们认为只要你跑的时间足够长，最终就能“把胸腔清理干净”。

在那个时期，上流社会的学校里居然把恶劣的环境和疏于照顾（我不是说真正的艰苦）视为理所应当的事，真是令人费解。这和萨克雷时代的情形几乎不相上下，八岁或十岁的小男孩就应该可怜兮兮的，他们流着鼻涕，脸总是很脏，不仅双手皲裂，指甲也被咬得十分难看，手绢湿漉漉的，屁股上常常是青一块紫一块，这些似乎都是很自然的事。在假期的最后几天里，一想到要返校，就感觉有个铅块沉甸甸地压在胸口，其中部分原因就是料想到会经受身体上的不适。关于圣塞浦里安，最典型的记忆就是每个学期的第一个晚上，床铺都会让我感到出奇的硬。这是一所收费不菲的学校，上这所学校提高了我的社会地位，但其舒适程度在各个方面都比不上我自己家，实际上也远远低于富裕的工人家庭。比如每个学生一个礼拜只能洗一次热水澡。伙食不仅差，而且根本不够吃。来这所学校之前以及离开这所学校之后，我都没见过抹在面包上的黄油或者果酱会这么薄。吃不饱不是我臆想出来的，我还记得我们变着法儿偷东西吃的事。我记得有很多次在凌晨两三点，光脚穿过漆黑的楼梯和过道，偷偷摸摸去储藏室偷不新鲜的面包吃，感觉这段路有几英里那么长，每走一步就要停下来听动静，黑炭、鬼魂和窃贼都会让我们吓得动弹不了。助理教员们跟我们一起用餐，不过他们吃得要稍微好一点，只要一逮着机会，我们往往会在盘子被撤走时偷吃他们剩下的熏肉皮和炸土豆。

我照例没有认识到，食物供应不足完全是出于商业上的考虑。我大体上也接受了黑炭的观点，认为男孩食欲旺盛是一种病态，应当尽可能加以约束。在圣塞浦里安，我们经常听到的一句格言就是：吃完后跟没吃一样，身体才健康。在我们这一代学生之前，学校经常在开饭时先上一道不加糖的牛油布丁，据他们讲，这样是为了“倒学生的胃口”。不过在预备学校，由于学生的伙食完全依赖学校，食物供应不足可能并没有像公学那么明目张胆，公学里允许甚至可以说希望学生去额外买东西吃。实际上，有些学校的学生如果不经常买鸡蛋、香肠、沙丁鱼什么的，压根儿就没法儿填饱肚子，他们的父母也必须给他们这笔钱。例如在伊顿——至少在中学部，午餐后学生就吃不到正儿八经的饭了。下午茶吃得比较寒酸，一般是汤或者炸鱼，更多的时候是面包配奶酪，外加白开水。黑炭去伊顿看望他的大儿子，回来后对那里“奢侈”的生活着了迷，一副势利眼的样子。“他们晚餐吃的是炸鱼！”他喊道，胖乎乎的脸上满是笑容，“世界上没有哪所学校能像伊顿这样。”炸鱼！这是最穷的工人阶级经常吃的晚餐！在收费低廉的学校，情况无疑会更糟。我幼年时期对一所文法学校发生的事情记忆犹新，看到他们给寄宿生（其父母可能是农民或者小店主）吃水煮肺脏。

无论谁写童年的事情，都要谨防夸张和自艾自怜。我不敢宣称自己是受难者，或者圣塞浦里安是多特男童学堂[1]那类学校。但如果我没有记录下那些大多令人不快的事情，那我就是在弄虚作假。回想起来，我们经历的那种过度拥挤的生活，不仅吃不饱，连身子都洗不干净，这样的日子确实令人不快。如果我闭上眼睛说出“学校”这个词，首先想起的当然是我们周围的环境：平坦操场上的板球场，靶场旁边的小棚子，穿堂风吹过的宿舍，布满灰尘、地板开裂的走廊，体育馆前面的沥青广场，以及广场后面松木建成、看起来十分粗糙的礼拜堂。总有肮脏的细节引起你的注意。例如我们喝粥用的锡碗，翻出来的卷边下面积攒了不少酸了的

① 狄更斯名著《尼古拉斯·尼克尔贝》中的一所让学生们受尽折磨的寄宿学校，原文直译过来有对付男孩的意思。

粥，可以一条条撕下来。而我们现喝的粥，里面总是多出来结成块的东西、头发和莫名其妙的黑色物体，除非有人特意放进去，否则你想不出来它们为什么会出现在粥里。不检查一下就喝下去总是不安全的。再比如浴池里黏糊糊的洗澡水，学校的浴池有12—15英尺长，每天早上，全校学生都要进去洗澡，我怀疑究竟会不会经常换洗澡水。毛巾也总是湿漉漉的，发出一股酸臭味。冬天，我们偶尔会去当地的浴室洗澡，用的是直接从海边打回来的污浊的海水，有一次我看到里面漂着一团人类的大便。学校还有充满了汗臭的更衣室以及满是污垢的洗脸盆，除此以外，还有那排污秽、破旧的厕所，门上没有任何门闩，所以无论你什么时候坐在里面，都不可避免地会有人冲进来。回想起我的学校生活，我很难不想起那股冰冷、难闻的气味沿走廊传来，混合着臭袜子、脏毛巾和粪便的臭味。沾有食物残渣没洗干净的叉子、炖羊脖子的味道，还有厕所门被猛地关上时的碰撞声，以及学生在宿舍里使用夜壶时发出的声响。

没错，我天生不适合群居，一大批人挤在狭小的空间里，厕所和脏手帕在这样的生活中必然十分扎眼。这跟在军队一样，而且监狱里的情形显然更加糟糕。此外，少年时代本就容易对事物产生反感。人在7—18岁这段时期，有了辨别事物的能力，还没变得冷漠无情，就总是感觉像在污水坑上走钢丝。尽管学校总是激动地提及新鲜的空气、冷水，老让我们用功学习，但当我想起健康和卫生是如何被忽视时，我不认为自己夸大了学校生活肮脏的一面。一连几天便秘是常有的事。事实上，由于学校只允许用蓖麻油，或者同样难喝的甘草粉做通便剂，因此一个人很难鼓起勇气让大便通畅。学生每天早上都要进到浴池里，不过有些男孩会接连数日不洗澡，铃声一响，他们就躲起来，或者跟着人群挤到浴池边上，为了交差，用地板上的脏水把头发弄湿。除非有人监督，否则一个八九岁的男孩哪里知道收拾自己。在我离校前不久，来了一个名叫黑兹尔的新生，他长得十分英俊，他妈妈对他宠爱有加。我首先注意到的是他一口如珍珠般洁白的漂亮牙齿。但到那个学期末时，他的牙齿已经变成了异乎寻常的绿色。很明显，在那段时间里，没有人给他足够的关心让他去刷牙。

当然，家和学校的区别不仅在物质上。开学的第一个晚上，躺在坚硬的床垫上经常使我突然觉醒，使我有一种“这就是你要面对的现实”的感觉。也许你的家远远谈不上完美，但至少充满了爱，而不是恐惧，你不需要总是对周围的人小心提防。当你在八岁时突然离开自己的安乐窝，被扔到一个充满暴力、欺诈和秘密的世界，就像一条金鱼进入了一个布满尖刺的鱼缸。不管受到何种欺凌，你都束手无策，唯一能保护自己的办法就是向老师报告，但除了少数几种严格规定的情况，其他情况打小报告是不会被原谅的。给家里写信请求父母把自己带走更是无法想象，因为这么做就相当于承认自己不开心、不受欢迎，男生是绝不会这么做的。男孩都是埃瑞璜人[①]式的人物，他们认为遭遇不幸是丢脸的事，会不惜一切代价加以掩饰。也许我们可以向父母抱怨糟糕的食物、不公平的鞭打、被老师而非其他学生欺负，就从黑炭从来不打富裕家庭的孩子这点来看，说明偶尔确实会有人投诉，但由于我所处的特殊境况，我不可能要求父母为我出面，甚至在我了解学费减免这件事情之前，我都感觉到他们似乎欠黑炭一个人情，所以没有办法在黑炭面前保护我。我在前面提到过，在圣塞浦里安的时候，我一直没有一根属于自己的板球棒，他们告诉我那是因为“你的父母买不起”。然而，假期中的一天，我从父母随意的交谈中得知他们曾经付给

---

① 《埃瑞璜》是英国作家塞缪尔·巴特勒早期的作品之一，是一部乌托邦小说。书名埃瑞璜是英文单词“乌有乡”的倒写。

学校十先令给我买板球棒。我没有跟父母更不会跟黑炭提起这件事。我怎么能提呢？我的很多事情都得靠他，跟我欠他的比起来，十先令不值一提。当然，现在我意识到，黑炭是不可能私吞这笔钱的，毫无疑问他只是忘了。但问题是我当时以为他私吞了这笔钱，而且我认为他有权这么做。

一个孩子想要有独立的态度是何等困难，这点从我们如何对待翻脸便能看出来。学校里每个学生对她都既讨厌，又害怕。然而我们都会极其卑贱地讨好她，从表面上看，我们对她有一种因为内疚而产生的忠诚感。尽管学校的纪律主要靠她而不是黑炭来维持，但她几乎连严格维护正义的样子都懒得去装，她总是喜怒无常。一种在今天可能会让你挨揍的行为，到了明天就可能会被当成男孩的恶作剧一笑了之，更有甚者，还可能会因为“你表现出胆量”而被赞赏。有那么几天，她的那双深陷的眼睛总是流露出指责的目光，谁看到都会瑟瑟发抖，但过几天，她又像卖弄风情的女王一样，被一群小丑包围，谈笑风生，慷慨赏赐，或者许下诺言（“如果你赢了哈罗历史大奖，我会送你一个新的相机包！”）。偶尔，她甚至会带上三四个宠爱的学生一起坐着她的福特车，到镇上的茶馆给他们买咖啡和蛋糕。

在我的脑海里，翻脸的形象和伊丽莎白女王密不可分，我在年幼的时候就明白了女王和莱斯特、埃塞克斯以及罗利的关系。当说到翻脸时，我们常用的一个词是“宠爱”。我们会说“我受宠了”或“我失宠了”。除了少数几个有钱或者有贵族头衔的学生，没有人会永远受宠，不过从另一方面来说，即使是被排斥的孩子，也会时不时地得到一点宠爱。所以，尽管我对翻脸的记忆大部分充满了敌意，但我仍然记得在相当长的一段时间里，我曾经沐浴在她的微笑之中，她管我叫“老伙计”，还用教名称呼我，允许我经常去她的私人藏书室，我就是在那儿看到了《名利场》这本书。受宠的最高标志是在礼拜天晚上，黑炭和翻脸请客人吃饭时被叫去上菜。没错，上菜的学生自然有机会吃盘里剩下的食物，同时能体会到一种卑躬屈膝的乐趣，不过是站在客人的椅子后面，当他们需要时，连忙恭恭敬敬地箭步上前。只要有机会，我们都会去奉承，只要对方一笑，内心的憎恨马上就会变成谄媚的欢喜。每次让翻脸大笑时，我总是感到无比自豪，我甚至在她的要求下，写过打油诗歌颂学校生活中值得纪念的事情。

我想说我并不是一个叛逆者，除非被环境所迫。我接受现存的规则。有一次，在我快要离开学校的时候，我甚至向布朗告发了一起疑似同性恋的案件。我当时不是很明白什么是同性恋，但我知道有这种事情，而且不是好事，应当向老师报告。布朗说我是个“好孩子”，这让我非常惭愧。在翻脸面前，我们似乎就像耍蛇人手里的那条蛇一样无能为力。无论是夸奖，还是责备，她说的几乎是千篇一律的套话，每句都能立即引起适当的反应。当她说“振作起来，老伙计！”那个人马上会感到充满活力，而当听到“别犯傻了！”（或者“这太没用了，不是吗？”）又会觉得自己天生就是个白痴，“你这样就不老实了，对吗？”这句话几乎总会让人要流下泪来。然而自始至终，在你的内心深处似乎总有个不受腐蚀的自我，他知道无论是笑是哭，或者因为一点小恩小惠感激涕零，你内心真正的感受只有憎恨。

（四）

我在年幼时已得知人可能会违背自己的意愿而做坏事，不久我又懂了，即使一个人做了坏事，也可能并不知道那是不对的，或者为什么那样做不对。有些过错太微妙，无法说清楚，而有些过错则太过严重，不能明说。比如性的问题，原本一直暗流涌动，但到我十二岁左右时，突然爆发出来，变成了一场轩然大波。

在某些预备学校，同性恋不是问题，但在圣塞浦里安，由于南美学生可能比英国学生早熟一两年，他们的存在导致学校出现了一种“坏风气”。在当时那个年龄，我对这些不感兴趣，而且实际上也不知道发生了什么，现在想来应该是有学生集体手淫。不管怎样，风暴突然袭来。学生们被叫去审问，在招供后又被鞭打、做出忏悔，学校对我们进行严厉的训话，但我们听不懂，只知道有人无可救药地犯了某种“卑鄙”或者“兽性”的罪过。带头犯事的学生中有个叫霍恩的男孩，据在场的人说，他被连续鞭打了一刻钟，然后被开除了。他的喊声响彻了整栋房子，我们也或多或少都受到了牵连，或者有种被牵连的感觉。罪恶感像一团烟雾笼罩在我们头上。一个表情严肃的助教把大一点的学生带到一间隔开的教室里，给我们做了一场关于“身体圣殿”[①]的演讲。这位助教长着黑发，看上去像个低能儿，后来还当上了议会议员。

“你们没意识到自己的身体是多么美好吗？”他严肃地说道，“你们谈论汽车引擎，谈论劳斯莱斯，谈论戴姆勒汽车这些，难道你们不知道没有任

① 意指身体是圣灵的殿堂。

何引擎能跟你们的身体相比吗？而你们却糟蹋了它，让它这辈子都毁了！”

他那双深陷的黑眼睛落到了我的身上，十分遗憾地补充了一句：“而你，我一直以为你还算正派，却听说你属于最坏的那类孩子。”

厄运忽然降临到了我头上。那么好像我也是有罪的。不管那是什么，我也做了那种可怕的事，反正让自己的身体和灵魂这辈子都被毁了，最后只能落得个自杀或者进疯人院的下场。在那之前，我一直希望自己是清白的，而现在，自觉有罪的念头占据了我的大脑，也许由于不知道自己究竟做了什么，这个念头反而变得越加强烈。我没有被审问和鞭打，直到这场风波过去，我才知道使我受到牵连的那件小事是什么。即使知道后，我也依然什么都不懂。大概两年后，我才明白了那次关于“身体圣殿”训话的真正含义。

当时我几乎处于无性状态，对那个年龄的男孩来说这很正常，或者至少很普通。因此对于所谓的“性知识”，我属于半知半解。跟很多孩子一样，我在五六岁时经历过一个对性有感觉的阶段。也就是在这个时期，我在修道院学校上学时，深深地爱上了一个名叫艾尔西的女孩，后来我再也没有像仰慕她那样仰慕过其他人。在我看来，她已经是成人，所以我想她应该有十五岁了。自那以后的很多年里，就像经常发生的那样，所有跟性有关的感觉从我的生活中消失了。十二岁时，我知道的比小时候多多了，但我能理解的却更少了，因为有一个重要的事实我再也没有领会过，那就是性行为可以带来愉悦。在7—14岁时，我对这个话题完全不感兴趣，如果我出于某种原因，不由自主地想到时，也会感到很厌恶。我是从动物那里了解到所谓的“性知识”的，因此这种了解是扭曲的，也是断断续续的。我知道动物要交配，也知道人体跟动物的身体类似，但人类会交配这一点并不是我主动了解的，是某些东西——也许是《圣经》上的某句话——迫使我记住的。我没有欲望，也没有好奇心，不在乎自己有多少未解之谜。从理论上讲，我知道婴儿是怎样进入女性身体的，但我不知道它是怎么生出来的，因为我没有钻研过这个问题。我知道所有的脏话，心情糟糕的时候也会对自己讲，但我不知道那些最脏的脏话是什么意思，也不想知道。这种用来诅咒的话有一种抽象意义上的恶毒。当处在这种状态下时，我对周围发生的所有不端的性行为均一无所知，即使在风波爆发后也没明白多少，最多从翻脸、黑炭和其他人发出的含蓄但可怕的警告中得知我们所有人犯的那个罪行不知怎的跟性器官有关。

我注意到有时生殖器会自动勃起（这是早在男孩有任何有意识的性欲之前就会发生的），但我并不感兴趣，因此我倾向认为，或者说半信半疑地认为，那桩罪行指的就是这件事情。不管怎样，那桩罪行跟生殖器有关，这就是我所知道的。毫无疑问，其他很多男孩也一样被蒙在鼓里。

在关于“身体圣殿”的训话后（应该是几天后，现在回想起来，那场风波似乎持续了好几天），我们十几个孩子在翻脸的注视下，坐在一张一尘不染的长桌前，这是黑炭用来给奖学金班上课的桌子。楼上的一个房间传来一声凄惨的哀号。一个名叫罗纳尔兹的小男孩正在被鞭打，或是被打完了后还在哭喊，他的年龄不超过十岁，不知为什么受到了牵连。听到他的哀号声，翻脸的目光扫过我们的脸庞，最后落在了我身上。

“看看。”她说。

我不能肯定地说，她是在说“看看你们都干了什么”，但她就是这个意思。我们都羞愧地低下了头。是我们的错，不管怎样，是我们带坏了可怜的罗纳尔兹，我们要对他的痛苦和堕落负责。翻脸又转向一个名叫希斯的男孩。那是三十年前的事了，我记不清当时她是引用了《圣经》里的一段话，还是把《圣经》给了希斯让他读。总之那段话说的是："凡如此冒犯信仰我的幼童者，不如把磨石拴在这人的颈项上，丢进海洋深处淹死。"

这太可怕了。罗纳尔兹就是那些幼童中的一个，而我们伤害了他，我们应该被套上磨石丢进海洋深处淹死。

"你想到过这个吗，希斯，你想过这意味着什么吗？"翻脸说。希斯不禁痛哭起来。

我之前提到过的一个叫比查姆的男孩因为"黑眼圈"而受到了指责，同样羞愧难当。

"比查姆，最近你照过镜子吗？"翻脸说，"顶着这张脸到处走动，你不感到羞耻吗？你以为所有人都不知道一个男孩有黑眼圈意味着什么吗？"

罪恶感和恐惧再次向我袭来。我有黑眼圈吗？几年后，我才意识到这应该是手淫后的一种症状。尽管当时不懂，但我还是接受了黑眼圈是堕落——某种堕落——的明确迹象，甚至在明白它的真正含义之前，我曾多次焦虑地盯着镜子，寻找与那个可怕的耻辱有关的蛛丝马迹，那份隐秘的作恶者写在脸上的供词。

这些恐惧后来慢慢消退了，或者只是间或地出现过，没有影响到我们所谓的正式信仰。关于疯人院和自杀者坟墓的恐惧依然真实，但不再那么可怕了。几个月后，我又一次见到了霍恩，那个因带头犯错而被鞭打、开除的学生。霍恩属于被冷落的孩子中的一个，父母是贫穷的中产阶级，这无疑也是黑炭对他如此粗暴的原因之一。被开除后的那个学期，他去了伊斯特本学院，那是当地一所很小的公学，圣塞浦里安的人们极为看不起这所学校，认为它“根本算不上”一所真正的公学。只有极少数圣塞浦里安的学生会去那里，黑炭提起他们时总是带着轻蔑和遗憾的口气。如果去了那样的学校，你就没什么前途可言了，顶多能当个职员。我以为十三岁的霍恩已经丧失了所有的希望，不会再有体面的未来。无论从身体、精神和社会上来说，他已经完了。而且我猜想，他的父母只能把他送到伊斯特本学院，因为在他的丑事发生后，没有一所“好”学校肯接收他。

接下来的一个学期，我们外出散步时在街上又遇到了霍恩，他看上去很正常。他体格强壮，一头黑发，长得颇为英俊。我马上就注意到他比上次的时候气色好多了，上次见到他时他的脸色十分苍白，这次看上去红润多了，而且见到我们，他似乎没有感到难为情。很明显，无论是被开除，还是进了伊斯特本学院，他都不觉得丢人。当我们从他身边经过时，如果说从他看我们的样子中能了解到什么的话，那就是他很高兴摆脱了圣塞浦里安。但这次偶遇并没有给我留下太深的印象。霍恩在身体和精神都被损坏后看上去还是那么开心和健康，我没有从这个事实当中得到任何结论。我仍然相信黑炭和翻脸教给我的关于性的玄学。神秘可怕的危险依然存在。一旦哪天早晨出现了黑眼圈，你就知道自己已经步入了迷途者之列，只不过这似乎不是很要紧。因为孩子具有的生命力，这种矛盾的想法很容易出现在他的头脑中。对于成人的胡说八道他只能接受，不然能如何？但他年轻的身体和物质世界的甜蜜告诉他的却是另外一回事。关于地狱的情形也是如此，直到十四岁左右时我依然相信它的存在。正是因为我几乎肯定有地狱存在，所以有时候才会被极其生动的布道吓得魂飞魄散。但不知为何，这种恐惧从来没有持续很久。地狱里等待你的是真的火，就像你的手指被烧伤时那样，你会被它灼伤，而且会永远地被灼伤，但大部分时间，当你想到时，不会为此感到烦恼。

（五）

圣塞浦里安有各种宗教、社会道德和学识方面的规则，一旦明白了它们的含义，你就会发现它们是互相矛盾的。主要矛盾来自19世纪的禁欲主义传统和盛行于1914年以前那个时代且在现实中存在的奢华与势利。一面是以《圣经》为最高准则的低教会派，在性方面推崇清教主义，主张艰苦工作，赞赏学术成就，反对自我放纵；而另一面，与之相对的则是轻视博学，崇尚运动，鄙视外国人和工人阶级，对贫穷的恐惧几乎到了神经质的程度，金钱和特权被认为尤为重要，而且最好能被继承，而不必靠工作得来。大体上说，你既要做一个基督徒，又要在社会上获得成功，但这是不可能的。当时我并没有意识到摆在我们面前的各种要求是互相抵消的。我只是觉得对我来说，它们完全是（或者几乎完全是）可望而不可即的，因为它们不仅取决于你做了什么，还取决于你是谁。

在我很小的时候，是十岁或者十一岁的时候，我得出一个结论，没人告诉过我，但也不是我凭空编造出来的——它似乎存在于我呼吸的空气中：除非你有十万英镑，否则你便一无是处。也许是因为看了萨克雷的书，我选定了这个数目。十万英镑的利息是一年四千英镑（为了保险起见，我选择了百分之四的利率），在我看来，如果你想跻身真正的上流社会，住在乡间的大宅里，至少要有这么多收入。但显然，我永远无法到达那样的天堂，除非你出生于那里，否则就不可能真正属于那里。如果可能的话，你只能通过一种叫作“去城里”的神秘行动来挣钱，等挣到十万英镑并且离开城市的时候，你的身体已经发胖，也一把年纪了。但顶层社会的人真正让人羡慕的地方在于他们年轻时就很富有。像我这样有抱负的中产阶级，即使通过了考试，也只能靠着吃苦耐劳稍微有点成就。你沿着奖学金的天梯向上爬，最终可以进入行政部门或者印度的行政部门，也有可能成为一名出庭律师。但只要你“懈怠”，或者“误入歧途”，在爬天梯时踩空了一脚，就会成为“一年挣四十镑的办公室小子”。哪怕你爬到了最高处，获得了一个对你开放的合适职位，你依然只是个当差的，只能听从真正当权的人使唤。

即使没有从黑炭和翻脸那儿学到这一点，我也会从其他男孩那里学到。回顾过去，让我吃惊的是，当时我们有多势利，毫不掩饰，且都很精明，对名字和头衔非常熟悉，在发现口音、举止和服装剪裁的细微差别时又是那么敏捷。即使在凄冷的冬季学期中，有些学生的毛孔里似乎依然散发着铜臭的味道。尤其在每个学期开始和结束时，学生们幼稚地表现出装腔作势的样子，谈论着瑞士，苏格兰的打猎仆人和松鸡猎场，以及“我叔叔的游艇”和“我们在乡下的住所”，还有“我的小马”和“我父亲的游览车”。在世界历史上，从来没有一个时期像1914年以前一样，财富是那样庸俗不堪，没有半点贵族的优雅。在那个时代，疯狂的百万富翁戴着卷檐高顶帽，穿着淡紫色的背心，在泰晤士河上洛可可风格的船屋里举行香槟派对，人们抖空竹，穿霍布裙，“花花公子”头戴灰色的圆礼帽，身穿燕尾服。也是在那个时代，《风流寡妇》[①]、萨基[②]的小说、《彼得·潘》和《彩虹尽头处》[③]正在流行，人们在布莱顿度过了一个愉快的周末，或者在特罗卡德罗餐厅[④]喝了美味的下午茶后，张口闭口都是巧克力、香烟，嘴里都是溢美之词，什么“真开心”“一流的”和“好极了”。

1914年之前的整整十年里，整个社会似乎弥漫着一种更加庸俗、幼稚的奢侈气息，那是一种混杂着润发油、奶味薄荷酒以及酥心巧克力的气味，仿佛弥漫着一种坐在绿色的草坪上，听着伊顿校歌，吃着永远吃不完的草莓冰激凌的气氛。离奇的是，所有人都理所当然地认为英国上层阶级或者上层中产阶级的财富会源源不断地涌出、不断地增加，认定这是天经地义

① 弗兰兹·雷哈尔（Franz Lehar，1870—1948）创作于1905年的一部轻歌剧。

② 原名赫克托·休·芒罗（Hector Hugh Munro，1870—1916），英国短篇小说作家，与欧·亨利齐名。

③ 1921年的一部英国电影。

④ 最初建于1896年，于1965年关闭。之后作为展览和娱乐空间开放。

的事。但1918年后，情况就大不相同了。人们的确又变得势利起来，恢复了大手大脚的习惯，但他们开始感到难为情，有了防备心理。战前，人们对金钱的崇拜完全是无意识的，不会因为内疚而感到烦恼。金钱就像健康或者美貌一样，它们带来的好处是毋庸置疑的，闪亮的汽车、贵族头衔，以及成群的仆人跟真正的美德同时存在于人们的脑中。

在上学期间，圣塞浦里安的生活总体上是贫乏的，被迫地体现了某种程度的民主，可一旦提到假期，学生们就开始争相炫耀汽车、男管家和乡间大宅，班级里会立刻出现等级分明的现象。学校里充满了一种让人难以理解的对苏格兰的狂热，这使得我们的价值判断标准出现了根本性的矛盾。翻脸声称自己有苏格兰血统，偏爱苏格兰学生，鼓励他们穿传统的格子呢短褶裙，而不是校服，她甚至用盖尔语[①]给自己的小儿子起了一个名字。表面上，我们要表现出对苏格兰人的敬意，因为他们“令人生畏”“不爱言谈”（可能重点在于他们很“严厉”），在战场上无人能敌。学校的大教室里有一

① 主要用于苏格兰和爱尔兰等凯尔特文化区，包括苏格兰盖尔语和爱尔兰盖尔语，其中苏格兰盖尔语是高地苏格兰人的传统语言。

幅钢版画，描绘的是苏格兰灰骑兵[①]在滑铁卢战役中冲锋的场面，他们看上去个个都很勇猛，似乎非常享受这样的时刻。我们对于苏格兰的想象由小溪、山坡、短褶裙、毛皮袋、双手重剑、风笛等组成，不知为什么，这些又统统和燕麦粥、新教以及寒冷的气候这些令人精神振奋的印象混合在一起。但在这些表面的背后隐藏着截然不同的东西。大家对苏格兰狂热的真正原因是只有非常富有的人才可以到那里消夏。作为占领者的英格兰人之所以装出对苏格兰的优越性笃信不疑的样子，是为了掩盖内心的不安，他们把高地农民赶出农场，将农场变为用于猎鹿的森林，然后付给农民报酬让他们充当自己的仆人。提起苏格兰，翻脸的脸上总是露出无知而势利的笑容，偶尔，她甚至试图在说话时带上一点苏格兰口音。苏格兰是私有者的天堂，只有少数圈子里的人才可以谈论，这会让圈外人感到自惭形秽。

“这个假期你去苏格兰吗？”

“当然！我们每年都去。”

“我父亲在那里有条三英里长的河。”

“我十二岁生日时，我父亲要送给我一支新

---

① 最早成立于1678年的苏格兰龙骑兵部队，因为骑灰色的马，所以也被称为苏格兰灰骑兵。

枪。我们去的地方有相当好的黑琴鸡。出去，史密斯！你在听什么？你从来都没去过苏格兰。我打赌，你连黑松鸡长什么样都不知道。”

接着，他们开始模仿黑松鸡的叫声、雄鹿的咆哮，以及“我们的男仆”的口音等诸如此类的声音。

出身可疑的新生有时候会受到盘问，考虑到提问者只有十二三岁，他们居然会刻薄地提出那些细枝末节的问题，真是令人吃惊！

“你父亲的年薪有多少？你们住在伦敦哪个地区？是骑士桥，还是肯辛顿[①]？你们家有几间浴室？有多少仆人？有男管家吗？好吧，那你们有厨子吗？你们的衣服是在哪儿做的？假期里你们去看了几场演出？你身上有多少零用钱？”等诸如此类的问题。

我曾经看到一个新来的小男孩，他还不到八岁，就得拼命地撒谎应付这种盘问：

“你们家有汽车吗？”

“有。”

“哪种汽车？”

“戴姆勒汽车。”

“有多少马力？”

---

① 骑士桥和肯辛顿都是英国伦敦的富人区。

（停顿了一下，然后开始瞎蒙。）“十五马力。”

“用的哪种灯？是电的，还是乙炔的？”

（停顿的时间更长了，继续瞎蒙。）“乙炔的。”

“哈！他说他父亲的车用的是乙炔灯。那种灯几年前就过时了。他们家的车一定老掉牙了。”

“胡说！他在瞎编。他们家根本没有汽车。他就是个干苦力的，他父亲也是。”

诸如此类的问题。

根据周围普遍盛行的社会标准来看，我堪称一无是处，也不可能有什么出息。此外，不同的优点似乎总是神秘地相互联结在一起，都属于差不多同一类人。重要的不仅有金钱，还兼具力量、美貌、魅力、运动能力，以及诸如“胆量”或者“个性”之类的东西，这些在现实中可以左右他人的能力，我一概没有。举例来说，我在运动方面就无药可救。我游泳还可以，板球也并非完全不行，但这些在提升威信方面毫无价值，这是因为男生只看重那些需要力量和勇气的运动。他们喜欢足球，但我对这项运动感到害怕。我讨厌踢球，而且由于从中无法看到任何乐趣和益处，我很难鼓起勇气去面对它。在我看来，人们踢足球似乎不是真的为了把球踢来踢去，从中获得快乐，而是为了争斗。足球爱好者是一群贵族出身的大孩子，他们吵吵闹闹，最拿手的是把小孩子推倒并从他们身上踩过去。这就是学校的生活模式，强者不断碾压弱者。受益的方式在于获胜，在于比别人高大、强壮、英俊、富有、受欢迎、优雅、肆无忌惮，在于支配、欺负别人、让他们吃苦头、使他们显得愚蠢，处处胜过他们。在等级森严的生活中，无论发生了什么都是正确的。强者就应该赢，也的确总会赢，弱者就只配输，也的确总是输，情况永远如此。

我没有质疑社会上普遍存在的标准，因为就我所见而言，并不存在其他标准。富有、强大、优雅、时尚、有权有势的人怎么会错呢？这是他们的世界，他们为之制定的规则一定是对的。只是在很小的时候，我就意识到让我自觉遵从这些规则是不可能的。在我的内心深处，内在的自我好像一直都保持清醒着，它向我指出道德义务和心灵真相之间存在不同。这一点在所有的——无论是世俗的还是超脱世俗的——问题上是一样的。通常你很清楚自己该有什么感觉，但你无法命令自己产生相应的感情。显然，我应该对翻脸和黑炭心存感激，但我并没有。同样，一个人应该爱自己的父亲，但我很清楚自己完全不喜欢我的父亲，我在八岁前几乎没见过他，对我来说，他似乎只是一个上了年纪、说话粗声粗气的人，总是对我说“不要这样”“不要那样”。不是说一个人不想拥有良好的品质或者适当的感情，而是他做不到。正确的事情和可能发生的事情似乎永远不是一回事。

有一句诗曾在我心里引起沉重的共鸣，不过我不是在圣塞浦里安，而是在离开那儿一两年后偶然看到的——“不可改变的法则的大军[①]”。我完全明白成为路西法[②]意味着什么——被击败，也只会被击败，而且没有复仇的可能。拿着藤条的老师、拥有苏格兰城堡的百万富翁，还有头发卷曲的运动员，他们都是不可改变的法则的大军。在那个时代，人们很难意识到法则是可以改变的。按照这些法则来看，我注定要失败。我没钱、瘦弱、丑陋，不仅不受欢迎，还患有慢性咳嗽。我很懦弱，身上还有臭味。在此我要补充一句，上述这些描述并非完全是我想象出来的。我不是一个有吸引力的男孩，即使之前我并非如此，圣塞浦里安也很快把我变成了这个样子。但孩子对自己缺点的看法跟事实没有太大关系。例如，我“身上有臭味”是我根据一般

---

① 出自乔治·梅雷迪斯（George Meredith，1828—1909，英国维多利亚时代的小说家、诗人）的诗《星光下的路西法》。

② 路西法（拉丁语）原指《以赛亚书》中的拂晓之星，因为嫉妒太阳神，在征战中落败而从天上被摔下，当时被用来影射古巴比伦君王，之后常用来指坠落前的撒旦。

的可能性得出的结论。众所周知，不招人喜欢的人身上都有臭味，那么想来，我也是有臭味的。而且直到毕业之前，我一直认为自己异常丑陋。这是同学告诉我的，我也没有其他权威可以求证。我不会成功，这个信念在我的心中是如此根深蒂固，它对我的行为的影响一直延续到成年以后。大约在三十岁之前，我对生活进行规划时，总是假定自己的重大事业注定会失败，而且预期自己最多只能再活几年。

不过这种自觉有愧和注定失败的感觉被其他东西抵消了，那就是生存的本能。即使一个人瘦弱、丑陋、懦弱、有臭味，而且丝毫没有存在的理由，但他依然想按自己的方式活下去，并且获得幸福。我无法颠覆现有的价值观，也无法让自己成功，但我可以接受失败，然后尽力而为。我可以接受自己本来的样子，并在此基础上努力生存下去。

从根本上说，生存下去乃至保持独立性都是有罪的，因为这意味着要违反自己已经接受的规则。好几个月来，一个名叫约翰尼·黑尔的男孩总是爱欺负我。他身材高大、强壮有力、脸色红润，有着一头黝黑的卷发，外表粗犷英俊。他总是扭别人的胳膊，拧别人的耳朵，用短马鞭打人（他是六年级的），或者在足球场上表演运动绝技。翻脸很喜欢他（因此日常总用教名称呼他），黑炭称赞他“有性格”“能维持秩序”。他身后总跟着一群马屁精，管他叫“大力士”。

有一天，我们在更衣室里脱大衣时，不知什么原因，黑尔开始找我的碴儿。我“回了一句嘴”，他就紧紧抓住我的手腕一拧，把我的小臂扭到了背后面，我疼得要命。我还记得他那张英俊、红润的脸朝我凑过来，露出嘲笑的表情。他不仅特别强壮，年龄也比我大。他放开我的时候，我就痛下决心要报复他，趁他不备揍他一顿。后来有了一个可以实现计划的机会，老师出去散步马上就要回来了，他一回来就不能打架了。我等了一分钟左右，尽量装出若无其事的样子向黑尔走去，然后用尽全身的力气，一拳打到了他的脸上。他被我打得向后退了几步，嘴唇也破了，一向红润的脸气得发青。他转过身，到洗脸池前漱了漱口。

“等着瞧！”老师来把我们带走时，他对着我咬牙切齿地说。

接下来的几天，他总跟着我，要我跟他打一架。尽管我害怕极了，但我还是冷静地拒绝了他。我说他脸上挨的那拳是他罪有应得，这件事就算了结了。奇怪的是，当时他没有立即揍我，而且大概舆论也会支持他那么做。后来这件事不了了之了，我们也没再打过架。

不管是按照我的行为准则来看，还是按照他的行为准则来看，我的行为都是不恰当的。趁他不备打他是不对的。后来因为知道会被打败而拒绝跟他打架，更是错上加错，这是一种懦弱的表现。如果我是因为不赞成打架，或者真的认为事情已经了结而拒绝，那就没什么。可我之所以拒绝，只是因为我害怕。这样一来，甚至连我的报复行为都变得毫无意义了。我打他的时候真是太莽撞了，哪里会去考虑后面的事情，当时只求一时之快，拿定主意一定要打回去，压根儿就没考虑后果。后来我慢慢意识到自己做错了，但这种可耻的行为又总是能让人从中得到一些满足。现在它们全都互相抵消了。我第一次行动时表现出的勇气又被我后来的怯懦给抹杀了。

有件事情我几乎没有注意到，那就是尽管黑尔正式向我挑战，但他没有真的动手。事实上，在挨了那拳之后，他再也没有欺负过我。直到二十年后，我才明白了这件事的意义。而当时我只能看到在一个强者统治的世界里，弱者所面临的道德上的困境：要么违反规则，要么灭亡。我没想到弱者在那种情况下有权为自己制定一套新的规则，即使我有这样的想法，也不会得到周围人的认可。当年我生活在男孩的世界里，这些群居动物从不质疑，他们接受强者制定的规则，然后为了报复，再把受到的屈辱转嫁到更小的孩子身上。我的处境同其他无数男孩一样，即使我可能比大多数男孩更加叛逆，那也只是因为按照男孩的标准来看，我比别人更加可怜。但我反抗的时候并不理智，而是一种情绪上的宣泄。没有什么能够帮助我，除了我愚蠢的自私，我的无能——我这么说不是轻视自己，只是不喜欢自己而已，以及我的求生本能。

我在约翰尼·黑尔的脸上揍了一拳后，又过了大约一年，我便彻底离开了圣塞浦里安。那是在冬季学期结束的时候。我们穿戴整齐，我也怀着一种从黑暗进入光明的心情，系上了毕业生的领带。我清楚地记得那种解放的感觉，似乎一系上领带就意味着我们进入了成年，它好像一个护身符，可以保护我们不再受到翻脸的语言和黑炭的藤条的伤害。我摆脱了束缚。我既没有期待，也没有打算要在公校里获得比在圣塞浦里安时更多的成功。但尽管如此，我还是挣脱了束缚。我知道到公校以后会得到更多隐私，更加不受管束，有更多机会懒散、放纵和堕落。多年来，我下定决心——起初是无意识的，后来是有意识的，一旦获得了奖学金，我就要“松懈下来”，再也不在考试前死记硬背了。顺便说一下，我充分地实现了这个目标，在十三到二十三岁之间，对于可以不做的功课，我连碰都不会碰一下。

翻脸和我们握手告别，她甚至应景地称呼我的教名。但她的脸上和声音里都透着一种充满恩赐的甚至讥笑的意味。她说再见时用的几乎就是以前说“小蝴蝶”时的语气。尽管获得了两种奖学金，但我仍然是一个失败者，因为用来衡量成功的不是你做了什么，而是你的出身。我“不是那种优秀的学生”，不能为学校增添光彩。我没有个性、勇气、健康、力量和金钱，甚至没有良好的举止，没有能力使自己看上去像一个绅士。

“再见。”翻脸告别时的微笑似乎在说，“现在犯不上再争吵了。你在圣塞浦里安没有取得很大的成就，不是吗？而且我认为你到了公校也不可能获得非常大的成功。说真的，我们在你身上浪费了那么多时间和金钱，真是一个错误。这种教育对有你这样的背景和前途的孩子来说没什么用处。哦，别以为我们不懂！我们知道你脑子里的所有想法，知道你不相信我们教给你的全部东西，也压根儿不会感激我们为你所做的一切。但现在提这些已经毫无意义。我们不用再对你负责，而且不会再见到你了。承认吧，你就是我们学校的一个失败者，让我们不伤感情地告别吧。那么，再见。”

至少我从她脸上看到了这种含义。然而在那个冬日的早晨，脖子上系着泛着光泽的丝绸领带（如果我没记错的话，领带是深绿色、淡蓝色和黑色的），被火车载着离开时，我是多么开心！世界向我打开了大门，尽管只是打开了一条缝，就像灰色的天空中露出的一抹狭窄的蓝天。公校要比圣塞浦里安有意思，但说到底，我在那里同样会格格不入。在那个世界里，首要的是金钱、有贵族头衔的亲戚、运动能力、量身定做的衣服、梳得整整齐齐的头发以及迷人的微笑，而我一无是处。我只是得到了一个喘息的空间。我得到了片刻安静，可以稍微放纵，不用再死记硬背了，然后就是毁灭。至于是哪种形式的毁灭，我还不得而知，也许是被派到殖民地，或者坐办公室的硬板凳，也有可能蹲大牢或者早早离世。但最重要的是，在一两年的时间里，我可以像浮士德博士一样“松懈”，享受自己的罪过带来的好处。我坚信自己不会落得一个好下场，但我还是非常快乐。这就是十三岁的好处，一个人可以活在当下，而且完全是有意识的行为，虽然预见到了未来，却并不担心。下个学期，我要到威灵顿公学去上学了。我也获得了伊顿的奖学金，但由于不能确定那里是否有空缺，因此我会先去威灵顿。在伊顿，每个人有一个房间，房间里甚至有壁炉。而在威灵顿，每人有一个小卧室，可以在晚上做热可可。这样可以不受干扰，给人一种成年人的感觉！你可以待在图书馆里，也可以在夏日的午后，你可以不去运动，而是一个人到乡间闲逛，没有老师一路催着你走，而且有假期。上个假期，我买了一支二十二口径的步枪（我管它叫“神枪手”，花了我二十二先令），而下个礼拜就是圣诞节了。我们还可以体验暴饮暴食的乐趣。我想起了一种特别能引起人食欲的奶油面包，在镇上的商店里花两个便士就能买到一个（那是1916年，食物配给还没有开始）。甚至当旅行费用计算有出入时，多出来的一先令也足以使我感到幸福，因为我可以在路上额外喝一杯咖啡，吃一两块蛋糕。在未来来临之前，我还有时间可以享受一点幸福。但我知道自己的未来是黑暗的。失败，失败，不停地失败，过去失败了，未来还会失败——当时我对此深信不疑。

（六）

这些都是发生在三十多年前的事情，问题是现在的孩子上学时还会有同样的经历吗？

我相信唯一诚实的答案是我们不能确定。当

然有一点是非常明显的，那就是比起过去，当今人们对待教育的态度变得非常人性化，也非常合理。在我受到的教育中，无法避免地存在势利现象，这在今天几乎是难以想象的，因为滋养它的环境已经消亡。我想起了在圣塞浦里安的一次对话，这次对话应该发生在我离开学校的前一年。一个比我大一岁、体格高大、长着金发的俄罗斯男孩问我："你父亲一年的收入有多少？"

我把我认为的数目跟他说了，而且为了好听，我还多说了几百镑。那个俄罗斯男孩很有条理，他拿出一支铅笔和一个小笔记本，在上面计算了一番。

"我父亲的收入是你父亲的两百多倍。"他带着一种轻蔑的语气开心地说道。

这事发生在1915年。不知道几年后，他父亲的那些钱怎么样了，也不知道在如今的预备学校还会不会出现这样的对话。

显然，即使在平庸、没有思想的中产阶级中，人们的世界观也发生了巨大的变化，人们普遍变得"开明"了。比如宗教信仰，连带着其他荒谬想法已经基本消失了。我想如今很少有人会跟孩子说手淫会进疯人院。体罚也受到了质疑，已经被很多学校废除。食物供给不足也不会再被看作正常的甚至值得赞扬的行为。没有人会明目张胆地给学生提供尽可能少的食物，或者告诉他们吃完跟没吃一样才健康。学生的整体地位有所提高，有一部分原因是学生的数量相对减少了。而且，尽管只有少量的心理学知识得到了传播，但仍然使父母和老师很难再以维持纪律的名义倒行逆施。有件事情虽然不是我亲身经历的，却是一个我信得过的人遇到的，而且就发生在我生活的那个时代。有个小女孩，她的父亲是一位牧师，她在本应不再尿床的年纪还在不断尿床。为了惩罚她这种糟糕的行为，她的父亲把她带到了一个大型游园会上，当众宣布了她尿床的行为，而且为了强调她是个坏孩子，还事先把她的脸涂成了黑色。我不是说翻脸和黑炭会真的做出这样的事来，但我估摸他们并不会对这种事感到吃惊吧。毕竟现在情况不一样了。然而……

问题不是现在的男孩是否还要在礼拜日戴伊顿领，或者是否还有人告诉他们婴儿是被人们从醋栗丛下面挖出来的。不可否认，这些事情已经不会再发生了。但真正的问题是，学龄儿童有很多年的时间生活在不正常的恐惧和荒唐的误会中，这种情况是否仍然普遍存在。对此，我们面临的巨大困难是如何了解孩子的真实感受和想法。一个看上去很开心的孩子可能实际上正承受着恐惧，他无法也不会将这种恐惧表现出来。他生活在陌生的海底世界，我们只有靠回忆和推测才能有所洞悉。我们之所以能发现端倪，那是因为我们也曾是孩子，但很多人似乎已经彻底忘记了自己童年时的生活环境。比如，想想这样的事情：成人让孩子穿着款式不对的衣服回到学校，并且对这件事情的重要性拒不承认，这对孩子来说是一种不必要的折磨。对于这类事情，孩子有时会提出抗议，但大部分时间，他只会把自己的态度隐藏起来。从七八岁以后，不向成人表露自己的真实感受似乎成了孩子的一种本能。即使一个人喜爱孩子，想要保护他、爱护他，也是出于误会。也许一个人对孩子的爱超过了对任何成年人的爱，但不要据此以为孩子也会同样爱你。回顾童年时代，过了婴儿期以后，我没有再爱过妈妈以外的任何成年人，而且即使对妈妈，我也是不信任的，因为害羞使我在她面前隐藏起了大部分真实感情。只有面对岁数不大的人时，我才会自发地产生无条件的爱。面对那些上了年纪的人（请记住对一个孩子来说，一个人过了三十岁甚至二十五岁就已经老了），我只会有崇敬、钦佩或者愧疚的感情，我们中间隔着一层恐惧和羞怯的面纱，还伴随着一种生理上的厌恶。人们习惯忘记孩子在生理上想要躲开和成年人的接触。成年人巨大的体型、不雅的举止、僵硬的身体、皱皱巴巴的粗糙皮肤、松弛的眼睑、满嘴的黄牙，还有身上随时散发出的发霉的衣服、啤酒、汗液和烟草的臭味！成人在孩子的眼中如此丑陋，有部分原因是孩子常常在仰视成人，没有人的脸从下面看上去会好看。此外，孩子的身体稚嫩，没有留下岁月的痕迹，使得他们在皮肤、牙齿和气色上面的标准高得难以置信。不过最大的障碍是孩子对年龄的误解。他们很难想象三十岁以后的生活，因此在判断人们的年龄时会大错特错。他们把二十五岁的人看成四十岁，把四十岁的人看成六十五岁，依此类推。因此我才会在爱上艾尔西时，认为她已经成人了。当我十三岁时再遇见她时，我想她应该有二十三岁了，在我看来，她已经是中年妇女，过了人生最好的年华。而且孩子认为长大简直就是一场可恶的灾难，出于某种神秘的原因，这件事永远不会发生在自己身上。所有超过三十岁的人都是郁郁寡欢的怪物，没完没了地抱怨着琐碎的事情，在孩子看来，他们活下去没有任何意义。只有孩子的生活才是真正的生活。有的老师自以为受到了学生的爱戴和信任，但实际上学生常常在背后模仿和嘲笑他。看上去不危险的成人几乎总是显得那么可笑。

我是基于自己童年时的看法得出这些结论的。

尽管记忆是不可靠的，但对我而言，它是我们了解孩子想法的主要手段。只有回溯我们自己的记忆，我们才能意识到孩子对世界的误解是多么不可思议。例如我们可以想想，如果以现在的年纪回到1915年的圣塞浦里安，我会怎么看待它？我又会怎么看待黑炭和翻脸，这些无所不能的可怕“怪物”？我会把他们看作愚蠢、浅薄、无能的人，渴望爬上社会的阶梯，而任何有思想的人都能看出这个阶梯即将坍塌。就像不会害怕榛睡鼠一样，我也不会害怕他们。此外，在我看来，当年他们已经很老了，尽管不是很确定，不过我想他们肯定比现在的我要年轻。有着铁匠一般的胳膊、红润的脸上总是带着讥笑的约翰尼·黑尔看上去又是什么样的人呢？他只不过是一个邋遢的小男孩，和其他几百个邋遢的小男孩几乎没什么区别。两组事实可以并存于我的脑海中，因为那些恰好是我自己的记忆。但我很难用其他孩子的眼光去看待世界，除非通过想象，但想象可能会把我带入歧途。孩子和成人生活在不同的世界。如果是这样的话，我们无法确定上学——至少是上寄宿学校——对很多孩子来说不再像过去一样可怕。即使不考虑上帝、拉丁文、鞭打、阶级划分和性禁忌这些问题，但害怕、仇恨、势利和误解可能依然存在。应该可以看出，我自己的主要问题在于对事物的分寸和可能性完全缺乏把握。这使我接受了别人的凌辱，相信了荒谬的事情，为毫不足道的事情接受惩罚。仅仅说我“傻”或者“应该知道更多”是不足以说明这一切的。回想一下你自己的童年，想想那些你曾经相信的胡言乱语以及让你感到痛苦的琐事。当然，我的情况存在个体差异性，但从根本上说，这同样也是其他无数男孩会经历的事情。孩子的弱点在于他们是张白纸。他们对社会既不理解，也不会质疑，而且由于他们容易轻信别人，其他人可以利用他们的自卑感和对冒犯神秘事物的恐惧，以及残酷的规则对他们产生作用，从而影响他们。我在圣塞浦里安遭遇的那些事情也可能会发生在最“开明”的学校里，尽管可能他们不那么容易察觉。然而有一件事情我相当肯定，那就是寄宿学校要比走读学校更加糟糕。有近在咫尺的家的保护，会让孩子更好地成长。而且，我认为英国上层及中产阶级所独有的缺陷可部分归咎于他们的传统做法，即在孩子八九岁甚至七岁时就让他们离家上学，这种做法直到不久前还很普遍。

我再也没有回过圣塞浦里安。即使校友重聚和校友聚餐这类事情友好地存于我的记忆中，仍然让我感到非常冷漠。尽管当时我在伊顿过得很开心，但我也从来没有回去过。1933年我曾路过那里，让我感兴趣的是除了商店在出售收音机外，那里似乎没有任何变化。至于圣塞浦里安，这么多年，我极度憎恶这个名字，无法客观地看到我在那里遭遇的那些事情的重要性。从某种意义上说，虽然那些生动的回忆一直萦绕于脑际，但只有在过去的十年里，我才真正地对自己的学生时代进行过思考。如今，我相信，即使再去看一眼那个地方，也不会给我留下什么印象——如果它还存在的话（我记得曾在几年前听到过它已经倒塌的传言）。如果路过伊斯特本，我不会故意绕道避开圣塞浦里安，如果我恰好路过那里，我甚至会在那排低矮的砖墙（砖墙旁有一个陡峭的河岸）旁驻足，越过平坦的操场，看看对面那些丑陋的建筑以及前面铺着沥青的广场。如果我走进学校，再次闻到大教室里发出的墨水和灰尘的味道，以及小教堂散发的松脂味，还有污浊的游泳池和冰冷的厕所发出的臭味，我想我只会拥有人们在重游童年的生活场所时都会产生的那种感受，感到所有东西都变得那么小，而自己又变得多么糟糕。但有很多年，我根本忍受不了再看它一眼。除非万不得已，我是不会踏足伊斯特本的。我甚至对圣塞浦里安所在的苏塞郡有了偏见，成人后，我只去过一次苏塞郡，在那里短暂地停留了一下。如今，这个地方已经永远淡出了我的生活，它的魔法不再对我起作用，甚至现在，我内心的仇恨已经不足以让我希望翻脸和黑炭已不在人世，或者学校倒塌的传言是真的。

1947年*

*“该文首次发表于1952年的《党派评论》9月至10月刊，然后直到1968年才刊登在英国的《当代历史杂志》上。……普遍认为这篇文章写于1947年，就在他（奥威尔）开始写《一九八四》之前（这里面推测的成分很大），不过有一点是肯定的，那就是他是在那时把这篇文章寄给出版商的。有几个因素明确指出这篇文章的构思要更早一些。”——伯纳德·克里克《乔治·奥威尔的一生》，1980年。

乔治·奥威尔年鉴

乔治·奥威尔档案馆坐落于伦敦大学学院，藏有针对作家乔治·奥威尔（本名埃里克·阿瑟·布莱尔）最全面的研究材料。乔治·奥威尔的手稿、笔记本和个人资料于1960年由他的遗孀代表乔治·奥威尔档案信托基金永久借出，同时捐赠了款项和物品。奥威尔档案信托基金成立的目的是建立一个奥威尔作品的研究中心，将他的所有作品汇集到一起，其中包括：已出版作品、发表在报纸上的文章、私人信件、遗孀持有的其他私人文件、有助于后代了解奥威尔所处争议的他人作品，以及所有与他直接接触过的人提供的录音或书面陈述。

1903年

埃里克·阿瑟·布莱尔6月25日出生于印度孟加拉邦莫蒂哈里，父亲是理查德·沃尔梅斯利·布莱尔，母亲是艾达·梅贝尔·布莱尔。

1904年

随母亲移民英国，定居在牛津郡泰晤士河畔的亨利小镇。

1908—1911年

在苏塞克斯郡伊斯特本的圣公会学校“森尼兰”接受教育。

1911—1916年

进入苏塞克斯郡伊斯特本的寄宿学校“圣塞浦里安”。

1912年

理查德·布莱尔从印度公务员职位退休，返回英国。一家人搬到了离亨利不远的希普莱克。

1914年

首次发表作品《醒来吧，英国的小伙子们》（诗歌）。

1915年

布莱尔一家搬回亨利。

1917年

在惠灵顿学院度过了一个学期。

1917—1921年

获得英国皇家奖学金，进入伊顿公学。

1921年

父母搬迁至萨福克郡的索斯沃德（12月）。

1922年

为报考印度公务员做准备，在索斯沃德参加了补习班（1—6月）。

1922—1927年

成为印度帝国警察局驻缅甸助理警司。

1928—1929年

在巴黎生活、写作，后来当过洗碗工。2月因肺炎住院。

1930—1931年

流浪于伦敦及周围各郡。以本名在杂志《阿尔德菲》上发表作品（《收容所》《行刑》等）。

1932—1933年

在米德尔塞克斯郡海斯的一所小型私立学校霍桑任教。

1933年

处女作《巴黎伦敦落魄记》由维克多·格兰茨出版。首次使用笔名“乔治·奥威尔”。在米德尔塞克斯弗雷学院任教。因肺炎住院。

1934年

放弃教书生涯。在索斯沃德待了十个月。《缅甸岁月》在美国出版（10月）。搬至伦敦汉普斯特德（11月）。

1934—1935年

在汉普斯特德的书友角兼职做助理。《牧师的女儿》出版（1935年3月）。《缅甸岁月》在英国出版（1935年6月）。认识了三十岁的艾琳·奥肖内西。

1936年

在维克多·格兰茨的建议下，前往兰开夏郡和约克郡工业区，调查了解工人阶级的生活和失业情况（1—3月）。搬至赫茨的沃灵顿（4月）。《叶兰在空中飞舞》出版（6月）。与艾琳·奥肖内西结婚。参加了赫茨莱奇沃思的暑期学校（7月）。后前往西班牙（12月）。

1937年

居住在西班牙（1—6月）。作为阿拉贡阵线马克思主义统一党支队下士，参与了巴塞罗那政府和无政府主义军队之间的街头巷战，喉部被狙击手射伤。出于身体原因，从统一工党光荣退伍。在巴塞罗那的反人民解放运动清洗中躲过逮捕。《去维冈码头之路》出版（3月）。左翼图书俱乐部版本售出四万册。

1938年

在肯特的肺结核疗养院治病。加入国际后勤计划（6月）。为保养身体，前往摩洛哥（9月）。

1939年

返回英国（3月）。《上来喘口气》出版（6月）。父亲去世。

1940年

《在鲸腹中》出版（3月）。搬回伦敦（5月）。为刊物《论坛》撰写评论。加入英国地方志愿军。

1941年

《狮子与独角兽》出版（2月）。

1941—1943年

任英国广播公司帝国部会谈制作人，主持对印度及东南亚殖民地的广播。母亲去世。

1943—1946年

任刊物《论坛》文学编辑。

1944年

奥威尔和艾琳领养了一个刚满月的孩子，并取名理查德·霍雷肖·布莱尔。

1945年

任《观察家报》驻巴黎和科隆的战地记者（3—5月）。妻子艾琳在手术麻醉期间去世（3月29日）。报道战后首次竞选活动（6—7月）。《动物农场》出版（8月）。

1946年

《评论文集》出版（2月）。搬到朱拉岛的巴恩希尔（5月）。

1947年

因左肺结核进入格拉斯哥附近的海尔迈尔斯医院（平安夜）。

1948年

出院回到朱拉（7月）。于12月完成了对《一九八四》的修订。

1949年

进入格洛斯特郡克兰汉姆科茨沃尔德疗养院

（1月）。《一九八四》出版（6月）。首年就售出四十多万册。从克兰汉姆转到伦敦大学学院医院（9月）。与《地平线》的编辑助理索尼娅·布朗威尔在医院结婚（10月）。

1950年

因肺出血在大学学院医院突然离世（1月21日）。葬于伯克希尔州萨顿·考特尼的万圣教堂墓地。